AF235425

Das Buch

Wie reagiert eine Frau, wenn sie mit Mitte 30 eine neue Beziehung eingeht und der Mann gleich zu Beginn das Thema Swingen auf den Tisch bringt? Ich war reichlich irritiert, und fragte mich: Reiche ich ihm nach so kurzer Zeit schon nicht mehr? Doch nachdem ich mich ein wenig in das Thema eingelesen hatte, wurde ich dann doch neugierig. So kam es zum ersten Besuch eines Swingerclubs und damit zur Entdeckung einer faszinierenden Welt: einer Welt von Partnertausch und Gruppensex – einer Welt die ich heute nicht mehr missen möchte.

Die Autorin

Nina Noisee wurde 1981 in Niedersachsen geboren. Sie studierte Betriebswirtschaft.
Heute lebt und arbeitet sie in Köln.
Mit Mitte 30 entdeckte sie ihre Leidenschaft für das Swingen. Die Idee, Bücher über dieses Thema zu schreiben, verdankt sie einer lieben Freundin.

Nina Noisee

Wie ich zum Swingen kam

Bekenntnisse einer Swingerin (1)

Bibliografische Information der Deutschen
Nationalbibliothek:
Die Deutsche Nationalbibliothek verzeichnet diese
Publikation in der Deutschen Nationalbibliografie;
detaillierte bibliografische Daten sind im Internet
über http://dnb.dnb.de abrufbar.

© 2022 Nina Noisee

Coverfoto: Evgeny Ustyuzhanin/Dreamstime

Herstellung und Verlag: BoD –
Books on Demand, Norderstedt

ISBN: 9783755710417

Mein Weg in die Welt von
Partnertausch und Gruppensex:

1.
Verführung

So ganz wohl war mir bei der Sache noch immer nicht. Obwohl Marco sich reichlich bemüht hatte, mich auf das Thema Swingen und Swingerclubs vorzubereiten, fühlte ich mich wie ein Teenager beim ersten Kuss: Mir schlug das Herz bis in den Hals, als wir auf den Parkplatz dieses Clubs im Spreewald fuhren. Ich fragte mich, was in diesem Haus in dieser Nacht wohl so alles passieren würde. Und ich war mir ganz und gar nicht sicher, ob mir das auch alles gefallen würde.

Aber ich war ja eine selbstbewusste Frau. Das hatte ich mir auf der Autofahrt vom Hotel zum Club immer wieder mantraartig gesagt. Was wohl halbwegs gewirkt hatte. Jedenfalls zögerte ich nur eine Sekunde, als Marco mich nach dem Einparken ansah und fragte:

„Gehen wir?"

Ich nickte kurz und öffnete die Autotür – obgleich mein eigentliches Ich eher wimmerte und den verzweifelten Vorschlag machte: Können wir nicht lieber zurück in die Stadt fahren und einfach eine Pizza essen? Aber natürlich sprach ich das nicht aus, sondern ging Hand in Hand und erhobenen Hauptes mit meinem Freund zur Eingangstür – der Eingangstür eines Swingerclubs! Vermutlich hätte ich jeden für verrückt erklärt, der mir das ein Jahr zuvor prophezeit hätte.

Apropos ein Jahr zuvor: Das war die Zeit, in der ich angefangen hatte, in einem Singleforum im Internet nach einem Mann für eine neue Beziehung zu suchen. Wobei ich mir nach dem Ende meiner Ehe eigentlich gar nicht so sicher war, ob ich überhaupt schon wieder eine richtige Beziehung wollte. Ich war 35 Jahre alt, seit zwei Jahren von meinem Ehemann getrennt, seit einem Jahr auch glücklich geschieden. Diese Zeit war einerseits gar nicht schlecht. Hin und wieder eine kurze Affäre oder einen One-Night-Stand ohne irgendwelche Verpflichtungen für den Mann oder mich. Wenn der Sex gut war, dann durfte es bei Gelegenheit auch mal eine Wiederholung geben – wenn nicht, dann nicht.

Andererseits musste ich mir aber auch eingestehen, dass ich mich nach mehr Verlässlichkeit im Leben sehnte. Es musste ja nicht gleich auf eine neue Ehe hinauslaufen. Aber zwischen einem One-Night-Stand und dem Treueversprechen für alle Ewigkeit musste es doch noch mehr Möglichkeiten geben, so mein Gedanke damals.

Genau in dieser Zeit traf ich Marco: Ich hatte ihn in einem Single-Forum entdeckt, und er hatte mir auf Anhieb gefallen – nicht nur wegen seiner Bilder, auf denen er ein ausgesprochen charmantes Lächeln zeigte. Er war drei Jahre älter als ich und seit etwa zwei Jahren von seiner Frau getrennt – die Scheidung, so erzählte er mir bei unserem ersten Date in einem Hamburger Bistro, stehe demnächst an. Warum er und seine künftige Ex-Frau sich mit diesem juristischen Schritt so viel Zeit ließen, wollte ich lieber nicht hinterfragen.

Ich fühlte mich ausgesprochen wohl in seiner Gesellschaft an diesem regnerischen Tag in Hamburg. Er war genau der Typ Mann, für den ich schon immer eine Schwäche hatte: schwarze Haare, Dreitagebart, braune Augen, groß, schlank, sportlich, breite Schulter, ausgesprochen charmant und immer ein hintergründiges Lächeln auf den Lippen. Dass er in Hamburg wohnte und ich zu jener Zeit in Hannover, war eigentlich gar nicht so schlecht. Nach den Jahren meiner viel zu engen Ehe wäre eine Beziehung mit etwas (auch räumlichem) Abstand vielleicht genau das, was mir guttun würde. Eine gewisse Verlässlichkeit, aber jeder konnte sein Ding machen. Das sah Marco ganz ähnlich. Allerdings verstand er darunter etwas anderes als ich – was mir jedoch erst später klar wurde.

Ich hörte zwar interessiert zu, als er mir bereits bei diesem ersten Date freimütig von seinen Swingerclub-Erfahrungen erzählte, aber ich kam überhaupt nicht auf die Idee, dass das etwas mit mir zu tun haben könnte. Dass dieser Mann jedoch mit mir zu tun haben würde, ahnte ich sehr wohl – und sollte recht behalten. Eine Woche später erlebten wir unsere erste gemeinsame Nacht bei mir in Hannover.

Erst ein paar Monate nach unserem ersten Date kam in mir die Ahnung auf, dass Marcos Erzählungen aus dem Reich der Swinger nicht nur allgemeiner Smalltalk gewesen war, sondern durchaus etwas mit mir zu tun haben könnte – zu tun haben würden, wie mir während einer unserer (meist ausgesprochen heißen) Wochenenden klar wurde.

„Stell dir mal vor, das wäre jetzt nicht mein Finger, sondern ein Schwanz", sagte er, während er zwischen meinen Beinen lag und mir seinen Mittelfinger in den Mund gesteckt hatte.

„Wie soll das dein Schwanz sein?", entgegnete ich nuschelnd. „Der steckt doch gerade an anderer Stelle in mir."

„Ich sagte nicht *mein* Schwanz, ich sagte *ein* Schwanz", gab er zurück.

Ich blinzelte ihn an und schmunzelte. Ach so. Da hatte ich im ersten Moment tatsächlich nicht so ganz geschaltet.

„Du hast ja heiße Fantasien", gab ich zurück und saugte anschließend sehr intensiv an seinem Finger.

Unsere Blicke trafen sich, er hatte ein geiles Funkeln in den Augen und erhöhte sein Tempo in mir. Kurz darauf hatte er mich zum Orgasmus gefickt, und nur ein paar Augenblicke später kam auch er in mir.

Für ein paar Minuten blieben wir einfach nur eingekuschelt liegen, streichelten uns sanft und genossen die Nach-Sex-Stimmung.

„Du findest die Fantasie also heiß", setzte er schließlich an.

„Du meinst die Fantasie von einem Schwanz in meinem Mund?"

„Ja, genau die."

„Du weißt doch, dass ich deinen Schwanz ausgesprochen gern mit dem Mund verwöhne."

„Ich meinte jetzt nicht ausschließlich meinen Schwanz."

Natürlich wusste ich, worauf er hinaus wollte. Aber ich stellte mich ein bisschen dumm. Ich wollte doch einmal sehen, wie konkret er werden würde mit seinen erotischen Fantasien.

„Ich glaube, den anderen Männern, mit denen ich das bisher gemacht habe, hat das auch immer gefallen", gab ich zurück.

„Daran habe ich nicht den geringsten Zweifel. Du bist eine Künstlerin mit deinen Lippen."

Ich lächelte ihn versonnen an. Natürlich war mir klar, dass er ein solches Kompliment vermutlich jeder Frau machen würde, die ihm einen geblasen hatte. Aber ich empfand es dennoch als schön, das aus seinem Mund zu hören. Vielleicht meinte er es ja sogar ernst.

„Ich hatte allerdings gerade eine weitergehende Fantasie im Kopf", fuhr er fort.

„Nämlich welche?"

„Die Fantasie, dass ich dich ficke, während du einen anderen Mann bläst."

Na also. Das hatte aber lange gedauert, bis er das endlich ausgesprochen hatte.

„Zwei Männer allein für mich?", fragte ich schmunzelnd.

„Ja, zum Beispiel."

„Zum Beispiel? Was noch?"

„Zwei Männer und zwei Frauen – oder auch noch mehr Mitspieler."

Ups – ich hatte wohl doch nicht gewusst, worauf er hinaus wollte. Jedenfalls nicht komplett.

„Du sprichst von Gruppensex?", fragte ich jetzt ganz ernsthaft.

„Nenn es Gruppensex, nenn es swingen – jedenfalls finde ich den Gedanken sehr erregend, es mit mehreren Menschen gleichzeitig zu tun. Hatte ich dir ja schon bei unserem ersten Kaffee-Date in Hamburg erzählt."

Richtig. Das hatte er.

„Und weil ich daraufhin nicht schreiend davongelaufen bin, hast du beschlossen, dass ich die richtige Partnerin dafür sein könnte?", gab ich zurück.

„So ungefähr. Aber natürlich nicht nur."

„Weshalb noch?"

„Weil du eine schöne Frau bist, weil du sensationelle Titten hast, weil du unglaublich heiß blasen kannst und überhaupt ein Vulkan im Bett bist."

Holla – das war jetzt aber eine ziemliche Ballung an Komplimenten. Wenn er nur die Hälfte davon ernst gemeint hatte, dann war das schon eine Menge. Schöne Frau? Naja, in männlichen Augen mochte das vielleicht so sein – sonst würden wir jetzt wohl nicht gemeinsam in diesem Bett liegen. Sensationelle Titten? Das war natürlich übertrieben – auch wenn meine Oberweite tatsächlich nicht gerade klein war, und ich mit ihr durchaus zufrieden war. Heiß blasen? Das konnte ich ja nicht selbst beurteilen. Auf jeden Fall machte ich das schon immer ausgesprochen gern – auch immer mal wieder bis zum Ende. Eine Abneigung gegen Sperma im Mund hatte ich jedenfalls nicht. Ein Vulkan im Bett? Hm … Zumindest hatte ich schon immer sehr viel Spaß am Sex. Und der Sex mit Marco war einfach extrem geil. Manchmal war ich überrascht, wie oft er in einer Nacht wollte – und konnte. Aber Gruppensex? Das war doch noch etwas anderes.

„Wenn ich ehrlich sein soll", entgegnete ich, „dann reicht mir der Sex, den wir zwei miteinander haben, vollkommen aus. Du bist ein derart guter Lover – da kommt bei mir gar kein Bedürfnis nach einem zweiten Mann auf."

Er lächelte etwas schräg. Einerseits hörte er vermutlich mein Kompliment ganz gern, andererseits war es sicherlich nicht das, was er hatte hören wollen. Damit beließen wir es. Zumindest für den Augenblick. Statt weiter über Gruppensex zu fantasieren, hatte ich weit mehr Lust, seine Einschätzung über meine Blas-Künste praktisch zu untermauern. Und obwohl sein letzter Orgasmus noch nicht lange her war, genoss ich es kurz darauf, sein Sperma im meinem Mund zu schmecken. Ich war mir sicher, dass auch er das genoss.

Ein bisschen gab mir dieses Thema dann aber doch zu denken. Wir waren jetzt erst seit wenigen Monaten zusammen – und trotzdem hatte er ganz offensichtlich das Bedürfnis, auch mit anderen Frauen Sex zu haben. Am Anfang dieses Gesprächs hatte ich noch gedacht, es ginge ihm lediglich darum, mich gemeinsam mit einem zweiten Mann zu verwöhnen. Diese Fantasie hätte ich ja noch ganz prickelnd gefunden – wenngleich ich es ehrlich mit meiner Aussage gemeint hatte, dass mir unser Sex zu zweit durchaus reichte. Denn der war wirklich jedes Mal gut – richtig gut! Aber Marco hatte sehr schnell die Katze aus dem Sack gelassen. Die Sache mit dem zweiten Mann war nur ein kleiner Teil seiner Fantasie. Tatsächlich ging es ihm eher um ein wildes Durcheinander – also auch darum, dass er mit anderen Frauen vögeln wollte.

Je mehr ich darüber nachdachte, umso mehr schob sich ein unschöner Gedanke in meinen Kopf: Ich reichte ihm bereits nicht mehr! War die Luft etwa schon raus aus unserer frischen Beziehung? War das überhaupt eine Beziehung? Oder eher ein Fickverhältnis? Wir sahen uns nur an den Wochenenden – und dann verbrachten wir stets sehr viel Zeit im Bett (abgesehen davon, dass wir es keineswegs nur im Bett miteinander trieben).

Als ich ihm zwei, drei Wochen später meine Gedanken mitteilte, sah er mich lange und sehr nachdenklich an.

„Wie kommst du denn auf die Idee, dass du mir nicht mehr reichen könntest?", fragte er.

„Der Gedanke liegt nicht so ganz fern, wenn du auch mit anderen Frauen schlafen möchtest. Findest du nicht?"

„In meiner Fantasie darfst du aber auch mit anderen Männern schlafen. Das ist etwas anderes, als wenn es mir nur darum gehen würde, selbst Fremdsex zu haben."

„Wo ist der Unterschied?"

Genau das war die Gretchenfrage. Was mir in diesem Moment aber nicht so ganz bewusst war. Doch ich wartete geduldig, bis er mir eine Antwort gab – die mich allerdings nur so halb zufriedenstellte:

„Der entscheidende Unterschied ist, dass wir es zusammen machen würden. Gemeinsam."

„Gemeinsam fremdgehen?"

„Ich finde nicht, dass das dann Fremdgehen wäre. Wir würden swingen – das ist etwas völlig anderes."

Tatsächlich nahm meine Verwirrung mit dieser Antwort eher zu als ab. Marco versuchte wortreich, mir den Unterschied zwischen Fremdgehen und Swingen zu erläutern. Aber so richtig nachvollziehen konnte ich seine Gedanken nicht. Als ich nach diesem Wochenende von Hamburg nach Hannover zurückfuhr, fühlte sich das alles doch sehr seltsam an. Ich machte mir ernsthaft Sorgen um unsere Beziehung – wenn man das denn Beziehung nennen wollte, woran mir nun zunehmende Zweifel kamen. Wenn man es nicht Beziehung nennen wollte, dann konnte ja auch jeder von uns wieder fröhlich durch die Gegend vögeln, wie wir das wohl beide vor unserem Kennenlernen getan hatten. Oder konnte man das vielleicht auch dann tun, wenn man es Beziehung nannte? Möglicherweise lief es genau darauf hinaus: eine Beziehung mit der gegenseitigen Erlaubnis zum Fremdgehen. So etwas nannte man dann wohl offene Beziehung.

Am nächsten Wochenende sahen wir uns nicht, weil ich einen beruflichen Außentermin in München hatte, der meinen vollen Einsatz verlangte – leider auch über das Wochenende hinweg. Wir hatten während dieser Tage immer wieder Kontakt über WhatsApp, aber in mein Kopfkino schlich sich dennoch ein böser Film. Wenn dieser Mann das Bedürfnis hatte, mit anderen Frauen zu vögeln, dann konnte er die Nina-freien Tage doch wunderbar dafür nutzen. Ein Mann wie er würde beim Zug durch die Clubs und Bars der Stadt sicherlich schnell fündig, da war ich mir sehr sicher. Ich versuchte, diesen unschönen Film in meinem Kopf abzuschalten, aber es gelang mir nicht.

Erst am Wochenende darauf besuchte er mich wieder in Hannover – und brachte ein kleines Geschenk mit. Keine Blumen, nicht meinen Lieblingswein und auch keine Süßigkeiten, sondern ein Buch. Der Titel: „Monogamie für Fortgeschrittene" – Untertitel: „Einander treu sein und dennoch fremde Haut spüren: Als Paar in der Welt der Swinger". Ich sah auf das Buch und dann in seine Augen.

„Danke", sagte ich leicht verblüfft. „Klingt ja interessant."

„Ich denke schon. Ich habe dieses Buch verschlungen und finde es großartig. Ich hatte vor zwei Wochen den Eindruck, dass ich dir meine Sichtweise zum Thema Swingen nicht so ganz deutlich machen konnte. Vielleicht gelingt das den Autoren dieses Buches. Vieles darin könnte ich so unterschreiben."

„Vieles?"

„Ja, vieles – wenn auch nicht unbedingt alles."

Marco meinte es wirklich ernst mit dem Thema Swingen. Ich hielt das Buch in der Hand und fragte mich, wohin das alles führen würde. Wir sprachen an diesem Wochenende zwar nicht weiter über das Thema, aber es stand dennoch unausgesprochen im Raum. Wenn mir an diesem Mann lag, dann würde ich mich damit also ernsthaft auseinandersetzen müssen. Mir lag sehr an diesem Mann.

Als Marco am Sonntagnachmittag wieder nach Hause fuhr, kochte ich mir einen Kaffee, setzte mich in meinen Lesesessel und schlug das Buch auf. Bereits beim ersten Satz des Klappentextes musste ich lachen: „Einander treu sein und dennoch fremde Haut spüren, klingt wie duschen, ohne nass zu werden", las ich. Die Autoren (logischerweise ein Swinger-Paar) hatten offensichtlich Sinn für Humor. Auch an anderen Stellen musste ich immer wieder herzhaft lachen oder zumindest schmunzeln. Auf jeden Fall las ich mich fest, vergaß das Abendessen und legte meine Lektüre erst aus der Hand, als mir nach Mitternacht fast die Augen zufielen. Da war nicht mehr viel Text übrig – und den vernaschte ich am nächsten Tag nach Feierabend.

Mit einer Einschätzung hatte Marco auf jeden Fall richtig gelegen: Den Autoren dieses Buches war es gelungen, mir eine andere Sicht auf die Welt der Swinger zu vermitteln. Zum ersten Mal bekam ich eine Ahnung davon, was er gemeint hatte. Und zum ersten Mal zog ich in Erwägung, diese verruchte Welt tatsächlich einmal zu betreten. Es dauerte zwar noch etwas, aber ich öffnete mich dem Thema immer mehr. Als Marco mir das nächste Mal beim Sex sein Kopfkino mitteilte, konnte ich in den Film mit einsteigen und fand ihn erregend.

Und ein paar Wochen später teile mir Marco mit, dass er uns für das kommende Wochenende im schönsten Swingerclub Deutschlands angemeldet habe. Nun war es so, dass ich inzwischen selbst ein wenig recherchiert hatte, was es an Clubs in erreichbarer Nähe gab. Aber mein Freund wollte einen Wochenendausflug aus der Sache machen und mit mir in den Spreewald fahren – der ja weder von Hamburg noch von Hannover aus so direkt um die Ecke lag. Ich verstand zunächst nicht so ganz, warum es unbedingt dieser Club sein musste. Club war für mich Club. Inzwischen weiß ich, wie naiv diese Vorstellung war – und wie groß die Unterschiede sind. Auf jeden Fall war ich bereit dafür, mir mal einen Swingerclub von innen anzuschauen. Und da mein Freund über eine gewisse Erfahrung verfügte, vertraute ich mich seiner Führung an.

2.

Ein Swingerclub im Spreewald

Anschauen", sagte ich, als wir nun vor der Eingangstür dieses Clubs im Spreewald standen. „Mehr nicht!"

Marco nickte. Das war unsere Vereinbarung für diesen sehr besonderen Abend, auf den mein Freund so lange (und am Ende ja auch erfolgreich) hingearbeitet hatte. Ich wollte wissen, wie es in einem Swingerclub aussah, wollte die Atmosphäre spüren, wollte sehen, inwieweit meine Vorurteile über diese Szene stimmten und inwieweit ich den Aussagen des oben erwähnten Buches trauen konnte. Aber ich wollte nicht sehen, wie mein Freund eine andere Frau fickte – das war für mich noch immer eine absonderliche Vorstellung. Wenngleich mich die Fantasie, selbst Sex mit zwei Männern zu haben, durchaus erregte.

Aber das sagte ich meinem Freund lieber nicht. Ungeachtet unserer gemeinsamen Fantasiereisen im Vorfeld erschien mir ein solch konkretes Eingeständnis irgendwie als zu riskant – gleichsam wie ein Öffner für die Büchse der Pandora, von der ich noch nicht wusste, ob sie nicht besser geschlossen bleiben sollte. Die Vereinbarung, dass wir uns alles nur einmal anschauen würden, war für mich hingegen ein Stoppschild, hinter dem ich mich jederzeit verstecken konnte.

Ich weiß gar nicht mehr, wie ich das heftige Herzklopfen überstand, bis wir endlich den Umkleideraum erreicht hatten. Ich sah kaum nach rechts und links, sondern war froh, als wir unseren Spind fanden, in dem wir unsere Sachen verstauen konnten.

Dieser Umkleideraum erschien mir wie eine halbwegs sichere Insel in einem großen, gefährlichen Meer, das wir zu durchqueren hatten – auch wenn mein Kopf natürlich ganz genau wusste, dass es nach dieser Insel erst richtig losgehen würde und wir hinaus aufs offene Meer mussten. Aber vielleicht war es für meine Seelenhygiene einfach hilfreich, dass wir hier in diesem Umkleideraum noch einmal einen Augenblick Zweisamkeit hatten und nicht gleich zahlreiche andere Paare um uns herum waren. Das Paar, das direkt nach uns den Club betreten hatte, war in den anderen Teil der Umkleiden abgebogen, was mich irgendwie erleichterte.

Wobei wir uns erst einmal nicht groß umziehen mussten, sondern einfach nur unsere Jacken und eine kleine Sporttasche in unserem Spind verstauen konnten. Ich hatte im Vorfeld dieses Abenteuers eine Menge zum Thema gelesen und wusste, dass in vielen anderen Clubs von Anfang an Dessouspflicht herrschte. Hier war das anders – und dieser (für einen Swingerclub) sehr spezielle Dresscode kam mir sehr entgegen: gepflegte Abendgarderobe. Das verringerte auch meine Schwellenangst – zumindest ein wenig. Sich von Anfang an in Slip und BH oder welchen Dessous auch immer zwischen vielen fremden Menschen bewegen zu müssen, hätte mich vermutlich zusätzlich verunsichert. Ich machte zwar gern FKK, ging auch in eine öffentliche Sauna und hatte noch nie Scheu gehabt, mich anderen Menschen nackt zu zeigen. Aber das hier war trotzdem etwas anderes. Denn hier präsentierte man sich. Alle Männer, die mich hier ansahen, taten das mit dem Blick eines potenziellen Sexpartners. Da empfand ich es doch angenehm, dass ich nicht von vornherein allzu viel nackte Haut zeigen musste.

Der Dresscode, der in diesem Club herrschte, war jedenfalls ausgesprochen hilfreich, als wir uns nach dem Umkleideraum hinaus aufs Meer wagten – oder genauer gesagt: in den Barraum, wo wir uns nun doch unter die Menge mischten. Marco trug einen eleganten dunklen Anzug, dazu ein weißes Oberhemd sowie eine weinrote Fliege. Diese Fliege hatte ich ihm vor unserem Abenteuer geschenkt – und darauf geachtet, dass sie die gleiche Farbe hatte wie mein Cocktailkleid. Natürlich war mein Kleid nicht gerade lang – wenn auch nicht derart kurz wie einige andere, die ich nun zu Gesicht bekam. Bei manchen Frauen fragte ich mich, ob sie sich mit ihrem Kleid auf eine Treppe wagen würden. Falls ja, so würde man von unten mühelos ihren Slip sehen können. Falls sie denn überhaupt einen Slip trugen. Denn dies hier war ja ein Swingerclub, wie ich mir wieder ins Gedächtnis rief.

Tatsächlich hätte man das nach ein paar Minuten im Barraum fast vergessen können. Es herrschte hier ein gepflegter Smalltalk vieler elegant gekleideter Menschen, die an kleinen Stehtischen standen oder auf Barhockern saßen. Zumindest die Outfits der meisten Männer hätte man auch bei einem festlichen Abendempfang in der Vorstandsetage meines Arbeitgebers sehen können – die einiger Frauen auch. Manche allerdings waren dafür dann doch zu offensiv sexy gekleidet.

Das war bei mir nicht der Fall. Ich hatte zwar ein kurzes, eng anliegendes Kleid gewählt, aber keines, bei dem man tiefe Einblicke in mein Dekolletee hätte bekommen können. Andere Frauen waren da weitaus offenherziger als ich. Dass meine Oberweite nicht eben klein war, konnte man aber natürlich auch so erkennen. Das musste vorerst reichen. Außerdem wollten wir uns heute Abend ja lediglich umschauen – allzu deutliche Signale auszusenden, verbot sich also ohnehin.

Während wir an unserem Weißwein nippten und uns dezent umsahen, musste ich auch immer wieder den Mann an meiner Seite betrachten. Marco sah elegant aus in seinem auf Taille geschnittenen Anzug. Sein Outfit unterstrich seine sportliche Figur, sein Drei- (oder wohl eher Fünf) -tagebart machte ihn zusätzlich sexy. Ich nahm sehr wohl zur Kenntnis, dass er einige interessierte weibliche Blicke auf sich zog. Ich musste einen Augenblick erst einmal überlegen, ob mir das gefiel – beschloss dann aber, dass ich es ja auch als Kompliment für mich werten konnte, wenn andere Frauen den Mann an meiner Seite als attraktiv wahrnahmen. Denn Marco war ja schließlich mit mir hier. Als eine dieser Frauen nach Betrachten meines Freundes auch mich ansah, lächelte ich sie selbstbewusst an und sagte im Gedanken zu ihr: ja, meiner!

Natürlich nahm auch Marco diese weiblichen Blicke wahr. Und als er mit einer anderen Dame einen etwas intensiveren Blick austauschte, musste ich schmunzeln – vor allem, als sein Blick schließlich zu mir zurückkehrte und er sich wohl ertappt fühlte. Jedenfalls interpretierte ich seinen Blick so.

„Die Lady würde in dein Beuteschema passen, oder?", fragte ich ihn.

Er zuckte bemüht gelassen mit den Schultern. Mir war aber auch so klar, dass die eigentliche Antwort lautete: ja, ja, ja, ja, ja! Ob es diesem Fuchs im Hühnerstall sehr schwerfallen würde, die Nacht enthaltsam zu bleiben – oder lediglich mit mir Sex zu haben? Wie schwer würde es mir fallen, fragte ich mich umgehend. Einige der anwesenden Männer waren durchaus Hingucker – nicht nur der Mann an meiner Seite. Und der ein oder andere von ihnen belegte mich mit ähnlichen Blicken, wie Marco das soeben mit der Frau auf der anderen Seite des Raumes getan hatte.

Als wir uns etwas vom Abendessen-Buffet geholt hatten, kam ein anderes Paar zu uns. Der fremde Mann fragte höflich, ob sie sich mit ihren gefüllten Tellern zu uns gesellen dürften. Wir nickten, und die beiden setzten sich auf die freien Barhocker an unserem Tisch. Als Jessica und Frank stellten sie sich vor. Ich schätzte sie etwas älter ein als uns selbst, allerdings nicht sehr. Vielleicht Anfang oder auch Mitte 40. Der Mann fragte, ob wir öfters hier seien – eine der typischen Smalltalk-Eröffnungsfragen, wenn man mit Menschen ins Gespräch kommen wollte, die man nicht kannte. Aber warum auch nicht? Unterhalten konnte man sich ja. Diese Art Kontakt zu vermeiden wäre kindisch gewesen.

„Nein", entgegnete ich. „Wir sind zum ersten Mal hier."

„Zum ersten Mal in diesem Club oder überhaupt in einem Swingerclub?", fragte Jessica.

„Letzteres", entgegnete ich und blickte in zwei vielsagend schmunzelnde Gesichter.

„Jedenfalls, soweit es mich betrifft", fügte ich hinzu. „Marco hat da schon einige Erfahrungen aus früheren Zeiten."

Mein Freund schenkte mir ein dezentes Augenzwinkern.

„Das heißt, du führst deine Liebste gewissermaßen in diese verruchte Welt ein?", fragte Frank an Marco gewandt.

„So könnte man es ausdrücken", bestätigte mein Freund. „Aber wir werden uns heute Abend wohl nur ein wenig umsehen."

„Wohl?", fragte ich und sah ihn an.

„Wir werden uns nur ein wenig umsehen", korrigierte er sich.

„Den Vorsatz hatten wir bei unserem ersten Clubbesuch auch", kicherte Jessica.

Das klang nicht so, als hätten sie sich daran gehalten. Aber ich fragte besser nicht nach.

Natürlich entging mir nicht, dass Marco die schöne blonde Jessica immer wieder ansah. Vor allem ihr offenherziges Dekolletee zog seinen Blick magisch an. Sie hatte auf jeden Fall weniger Busen als ich, aber sie zeigte mehr davon. Sie wirkte sehr sexy in ihrem tief ausgeschnittenen Kleid. Ich konnte mir vorstellen, dass mein Freund Lust auf sie haben würde.

Und ich? Würde ich Lust auf ihren Mann haben, mit dem ich hier so locker in eine charmante Plauderei verfallen war? Die Frage stellte sich eigentlich nicht. Wir waren ja lediglich hier, um uns umzuschauen. Oder etwa nicht?

Oh, oh …

Offenbar ließ ich mich von der Atmosphäre in diesem Swingerclub anstecken. Mehr und mehr begann ich nun doch, alle Männer in meiner Umgebung als potenzielle Sexpartner zu betrachten – ungeachtet der Vereinbarung, die Marco und ich getroffen hatten. Vermutlich war so etwas in einer solchen Umgebung vollkommen normal – ebenso wie ja auch ich mit entsprechenden Blicken belegt wurde. Selbst von Männern, die einfach nur mal an unserem Tisch vorbeigingen und einen kurzen Blick auf meine Oberweite warfen. Gut, dass mein Kleid zumindest kein solches Dekolletee hatte wie das von Jessica.

Ich musste mir eingestehen, dass mir diese männlichen Blicke gefielen. Ich empfand sie als Kompliment und keineswegs als aufdringlich. Je länger wir in diesem Essraum saßen, plauderten und Wein tranken, umso mehr entspannte ich mich. Das Gefühl der Fremdheit, das ich anfangs sehr stark gespürt hatte, verflüchtigte sich mit fortschreitender Zeit zunehmend. Das offene Meer war ruhig und freundlich zu mir.

„Wir sehen uns mal ein bisschen um", sagte Frank irgendwann und erhob sich fast zeitgleich mit seiner Frau.

„Vielleicht habt ihr Lust, uns zu begleiten?", fügte Jessica hinzu und belegte Marco mit einem vielsagenden Blick.

Ich sah meinem Freund an, dass er am liebsten sofort aufgestanden wäre und sich den beiden angeschlossen hätte. Aber bevor er etwas entgegnete, sah er mich fragend an – und genau dafür war ich ihm in diesem Augenblick dankbar.

„Vielleich kommen wir gleich nach", sagte ich. „Wir sehen uns sicher später noch."

Die beiden quittierten meinen Korb mit Achselzucken und verschwanden. Marco sah Jessica noch einen Moment nach – vor allem ihrem wohlgeformten Hinterteil, das sich in dem eng anliegenden Kleid deutlich abzeichnete.

„Noch keine Lust auf einen Streifzug?", fragte Marco, als die beiden schließlich verschwunden waren.

„Doch", entgegnete ich. „Aber erst einmal nur mit dir allein."

Er nickte, wir blieben noch zwei, drei Minuten an unserem Tisch und verließen schließlich auch den Barbereich, der sich inzwischen merklich geleert hatte. Offensichtlich verlagerte sich die Party in die obere Etage, wo sich die Spielwiesen befanden – und wo man auch den Dresscode nicht mehr einhalten musste, wenn man das nicht wollte.

Trotzdem kamen uns nicht gleich massenhaft nackte Menschen entgegen, wie ich wohl irgendwie erwartet hatte, als wir im ersten Stock ankamen. Auch hier herrschte noch immer die gepflegte Garderobe vor, die auch den Barbereich bestimmt hatte.

Erst als wir in einen der Gänge einbogen, sah das anders aus.

Hinter einem nur halb zugezogenen Vorhang entdeckten wir tatsächlich die ersten Nackten dieses Abends – und davon gleich vier: zwei Männer und zwei Frauen in einem fröhlichen Durcheinander auf einer kleinen Spielwiese. Beide Herren hätten zwar nicht in mein Beuteschema gepasst, aber es war dennoch prickelnd, ihnen beim Spiel mit ihren Frauen zuzusehen. Vor allem, als einer der Männer zu einem Kondom griff, es sich überzog, sich hinter eine der Frauen kniete und sie von hinten nahm. Da er ein Gummi benutzte, war es wohl nicht seine eigene Partnerin, mit der er es tat. Die Erkenntnis, dass hier ein Fremdfick (und nur eine halbe Minute später auch noch ein weiterer) stattfand, erregte mich.

Während wir dem Vierer zusahen, befummelte Marco von hinten meine Brüste und drückte sich eng an mich. Ich konnte seine Erregung an meinem Hinterteil spüren. Vermutlich hätte er den beiden Paaren auf der Spielwiese gern Gesellschaft geleistet. Aber er wusste ja: nur zusehen – auch wenn mir klar war, dass ihm das schwerfiel.

„Lass uns weitergehen", sagte ich schließlich leise zu ihm.

Er nickte. Falls er enttäuscht war, ließ er es sich erfreulicherweise nicht anmerken. Wir gingen zurück in den Vorraum, wo sich die Treppe nach unten befand. Aus einem anderen Raum kamen gerade zwei nackten Menschen mit Dessous in den Händen. Sie wirkten ziemlich verschwitzt, offensichtlich hatten sie soeben Sex gehabt. Am Eingang des Bereichs, aus dem sie kamen, befand sich ein Schild mit der vielsagenden Aufschrift: „Nacktsuite – ab hier bitte nur ohne Kleidung".

Ich sah Marco an und schmunzelte. Ich ahnte, dass er da am liebsten mit mir hineingegangen wäre und war gespannt, ob er eine entsprechende Bemerkung machen würde. Aber er ließ es – und genau das fand ich sehr schön. Er wusste, dass das in diesem Moment zu viel für mich gewesen wäre. Ich beschloss, dass ich ihn für seine Einfühlsamkeit belohnen würde.

Als wir kurz darauf in einen stark abgedunkelten Gang kamen und von dort aus durch ein Fenster auf eine kleine Spielwiese sehen konnten (auf der sich ein einzelnes Paar vergnügte), setzte ich meinen Vorsatz um.

Möglicherweise war Marco etwas überrascht, als ich plötzlich vor ihm in die Hocke ging und seinen Schwanz freilegte, aber er schien auch nichts dagegen zu haben. Er war in diesem Moment nicht vollends steif, wurde das aber sehr schnell in meinem Mund. Ich schielte zu ihm nach oben, er lächelte mir zu – und dann pendelte sein Blick zwischen mir und dem fickenden Paar auf der anderen Seite der Glasscheibe. Ich muss gestehen, dass mir dieser Blowjob unglaublich viel Spaß machte – allein schon deshalb, weil ich meinen Freund damit offensichtlich überrascht hatte.

Wir waren zunächst allein in dieser engen Ecke, aber das änderte sich, während ich Marco blies. Ein anderes Paar gesellte sich zu uns, die beiden Menschen warfen ebenfalls einen Blick durch das Fenster auf die kleine Spielwiese und sahen uns dann ungeniert zu. Die fremde Frau stand direkt neben Marco, und irgendwann fasste sie ihn an. Eigentlich nur ganz harmlos am Arm, aber sie stellte Körperkontakt zu meinem Freund her.

Fiel das nun noch unter unsere Vereinbarung, dass wir uns nur umschauen wollten? Nicht mehr ganz. Andererseits fasste ja sie ihn an – und nicht er sie. Ich ahnte, dass Marco die Fremde liebend gern befummelt hätte (und das vermutlich nicht nur am Arm), aber er tat es nicht. Offenbar hatte er wirklich die Absicht, sich streng an unsere Vereinbarung zu halten. Das fand ich großartig. Sein Stillhalten in diesem Moment war in meinen Augen wie das Bestehen einer Prüfung – vermutlich einer schwierigen Prüfung. Selbst als der fremde Mann eine Hand auf meinen Kopf legte und sie in meinen Nacken weiterwandern ließ, hielt Marco noch immer still. Und das, obgleich ich die fremde Hand gewähren ließ. Ich tat, als sei sie gar nicht da und verwöhnte einfach weiter den Schwanz zwischen meinen Lippen.

Ich hatte keine Ahnung, ob das fremde Paar etwas von Marcos Orgasmus in meinem Mund mitbekam oder nicht. Er verhielt sich ganz ruhig dabei, als sein Sperma in meinen Mund sprudelte und ich es schluckte. Auch dass ich nun aufstand, ihn umarmte und küsste, war für die Fremden offenbar kein Zeichen, dass hier soeben ein Höhepunkt stattgefunden hatte. Jedenfalls waren die beiden noch immer bestrebt, den Kontakt zu uns zu intensivieren. Als ich während des Kusses eine Hand zu Marcos Schwanz gleiten ließ, den ich nicht wieder in seine Anzughose verpackt hatte, fand ich da bereits eine andere weibliche Hand vor.

Ups.

Unsere Lippen lösten sich voneinander, ich sah meinen Freund an und er zuckte unschuldig mit den Schultern. Naja, was hätte er auch machen sollen? Die fremde Hand wegschieben? Theoretisch denkbar, aber praktisch wohl doch zu viel verlangt. Ich schob die Hand des fremden Mannes ja auch nicht weg, als die sich nun auf mein Hinterteil legte und fest zugriff. Genau genommen, machte mich das alles ziemlich an.

Ich konnte nicht widerstehen, den fremden Mann ebenfalls anzufassen – und bemerkte erst jetzt, dass auch dessen Schwanz nicht mehr in seiner Hose war. Und er war ganz steif – anders als der von Marco, der sich nun zwischen fremden Fingern befand, aber ja soeben erst abgespritzt hatte.

Ich fand es aufregend, dass wir hier in dieser abgedunkelten, engen Ecke standen und wechselseitig mit einem anderen Paar fummelten. Dass nun auch Marco die fremde Frau anfasste, ging zu diesem Zeitpunkt für mich in Ordnung. Schließlich hatte ich ja deren Mann zuerst angefasst. Das hatte mein Freund wohl als Freigabe betrachtet. Es wäre ja irgendwie auch absurd gewesen, von ihm zu verlangen, als einziger in dieser Viererrunde passiv bleiben zu sollen. Natürlich ging das nicht.

Ich sah Marco an, wie erregt er war – vermutlich noch weit mehr als ich (und das wollte in diesem Augenblick nun wirklich etwas heißen!). Ungeachtet der fremden Finger an seinem Schwanz packte er mich, drehte mich um und war nun hinter mir. Er schob meinen Rock hoch, den String zur Seite und sofort spürte ich seinen Schwanz an meinem Po. Ich öffnete die Beine und gab ihm den Weg zu meiner Muschi frei. Er stieß in mich, und ich war erstaunt, dass sein Orgasmus seine Standfestigkeit nicht sonderlich vermindert hatte. Ein bisschen vielleicht, aber in mir wurde er schnell wieder ganz hart. Er fickte mich mit einer Heftigkeit, als habe er Tage oder Wochen ohne Sex verbringen müssen – was nun wirklich nicht der Fall gewesen war.

Das andere Paar ließ sich von uns animieren. Die beiden taten es in der gleichen Stellung, und der andere Mann fasste meine Brüste an, während er seine Frau nahm. Ich sah ihm währenddessen in die Augen – was ihn wohl ermutigte.

„Lasst uns tauschen", sagte der Fremde.

Beinahe war ich in Versuchung, einfach nur „Ja" zu sagen. Ich drehte mich fragend zu Marco um und sah, wie er den Kopf schüttelte. Ich war mir sicher, dass er zu einem Partnertausch bereit gewesen wäre. Aber offensichtlich wollte er mir nicht zu schnell zu viel zumuten. Daraufhin sagte ich nichts weiter dazu. Er hatte für uns entschieden und damit gut. Ich sah dem anderen Mann an, dass er enttäuscht war. Das Wissen, dass der Fremde mich gern gefickt hätte, gab mir aber einen weiteren Kick.

Es dauerte nicht lange, und Marco kam in mir. Und damit blieb er der Einzige in dieser Viererrunde mit einem Höhepunkt – beziehungsweise zwei davon. Sein Schwanz schrumpfte nun doch deutlich, bevor auch ich zu einem Orgasmus hätte kommen können. Die anderen beiden hörten irgendwann ganz einfach auf.

„Sebastian hat vor einer halben Stunde erst abgespritzt", sagte die fremde Frau – gerade so, als müsse sie den ausbleibenden Orgasmus ihres Mannes erklären.

Ja und, dachte ich – und war stolz darauf, dass mein Freund zweimal derart schnell hintereinander gekonnt hatte. Aber das hatten die beiden wohl wirklich nicht mitbekommen.

Ohne weiteren Smalltalk verließen die zwei den dunklen Gang. Wir richteten unsere Kleidung und kehrten ebenfalls auf den Flur zurück. Wir nahmen uns von dem dort bereitstehenden Wasser, setzten uns in ein Sofa und kamen langsam wieder zur Ruhe.

„Das war ja ganz schön aufregend", sagte ich. „Ist das normal im Swingerclub, dass man einfach so Sex mit wildfremden Menschen hat?"

„Kann schon passieren. Aber so richtig Sex mit ihnen hatten wir ja gar nicht. Das war eher nebeneinander mit ein bisschen anfassen."

„Stimmt. Aber es war mehr, als ich erwartet hätte."

„War es zu viel?"

„Nein, es war geil. Ich glaube, die beiden hätten noch mehr gewollt."

„Daran haben sie ja keinen Zweifel gelassen", bestätigte er. „Was hättest du getan, wenn ich nicht den Kopf geschüttelt, sondern genickt hätte?"

„Dann hätten wir wohl Kondome gebraucht", entgegnete ich nach ein paar Sekunden des Nachdenkens.

„Hättest du es mitgemacht?"

„Naja", sagte ich und schmunzelte verlegen. „Kann schon sein."

Marco sah mich verblüfft und mit großen Augen an. Offenbar hatte er mit dieser Antwort nicht gerechnet. Damit hatte ich die Büchse der Pandora nun doch geöffnet – zumindest ein ganz klein wenig.

„Ich brauche eine Abkühlung", sagte er. „Lass uns in die Sauna gehen."

Was der Mann doch so unter Abkühlung verstand …

Tatsächlich war die Sauna im Keller dieses Clubs ein besseres Abklingbecken als der Flur in der ersten Etage, über den in den wenigen Minuten, die wir dort verbracht hatten, immer wieder Nackte hinüberhuschten – offenbar auf dem Weg von einer Spielwiese zu einer Dusche. Auch ein nacktes Paar, das im Flur stehenblieb und intensiv knutschte war eher an- als abregend. In der Sauna konnten wir uns besser entspannen – jedenfalls so lange, bis Marco begann, an mir herumzufummeln.

Dass wir hier nicht allein waren, schien ihn nicht weiter zu stören. Vielleicht auch eher im Gegenteil. Eine einzelne fremde Frau lag entspannt auf ihrem Handtuch und schien weiter keine Notiz von uns zu nehmen. Aber allein ihre Anwesenheit empfand ich als prickelnd, als Marco seine Hand in meinen Schoß gleiten ließ und mich sanft zu verwöhnen begann. Er spielte an meiner glattrasierten Muschi, immer wieder ließ er einen oder auch zwei Finger tief eintauchen in meine Feuchtigkeit, die sich seit unserem Quickie in jenem abgedunkelten Gang keineswegs vermindert hatte.

Schließlich beugte er sich in meinen Schoß, ich spürte seine Zunge zwischen meinen Schamlippen, und er begann, mich zu lecken. Seine Zunge liebkoste meinen Kitzler, seine Finger fickten mich – wie immer machte er das mit viel Gefühl. Ich wusste, dass er mich auf die Weise leicht zum Höhepunkt bringen konnte. Nachdem er an diesem Abend bereits zwei Orgasmen hatte erleben dürfen, empfand ich es durchaus als angemessen, dass er sich nun voll und ganz meiner Lust widmete. Ich hoffte nur, dass es mir kommen würde, bevor es mir in dieser Sauna zu warm wurde. Aber da war ich doch recht zuversichtlich. Ernsthafte Orgasmusprobleme hatte ich jedenfalls noch nie gehabt – schon gar nicht mit Marco.

Tatsächlich brauchte er nicht lange, bis mich ein Höhepunkt durchzuckte, unter dem ich mich hin- und herwandte, bis er schließlich wieder abgeklungen war. Als Marco mit feucht glänzenden Lippen aus meinem Schoß auftauchte, strahlte ich ihn verliebt an.

Erst jetzt realisierte ich, dass die fremde Frau, die sich mit uns in dieser Sauna befand, nicht mehr still und friedlich auf dem Rücken liegend vor sich hinschwitzte, sondern sich auf die Seite gedreht hatte und uns zusah. Ich hatte keine Ahnung, ob auch sie sich selbst befriedigt hatte. Aber sie hatte eine Hand in ihrem Schoß.

Wir verließen die Sauna, während die Fremde noch zurückblieb. Ich zwinkerte ihr beim Hinausgehen zu, und sie erwiderte mein Zwinkern.

Wir duschten uns in dem stilvoll gestalteten Kellergewölbe ab, zogen uns wieder an und gingen in den Barraum. Ich brauchte dringend etwas zu trinken. Nun betrat ich diesen Raum mit völlig anderen Gefühlen als am Beginn des Abends. Von dem Empfinden, sich hier auf hoher See zu befinden, war nicht viel übriggeblieben. Zumindest war es nun keine beängstigende, sondern eine zunehmend spannende Seereise geworden, die ich mehr und mehr genießen konnte. Und sie war noch längst nicht vorüber. Wohin würde uns diese Reise in dieser Nacht noch tragen?

Zunächst einmal zu einem zweiten Abendessen. Ich hatte ernsthaft Hunger bekommen. Was aber wohl weniger am vorausgegangenen Sex gelegen hatte, sondern ganz einfach daran, dass ich zu Beginn des Abends kaum einen Bissen herunterbekommen hatte. Da war die Aufregung (in Verbindung mit einer gewissen Beklommenheit) viel zu groß gewesen.

Wir bekamen dieses Mal keine Gesellschaft an unserem Tischchen. Schade eigentlich. Inzwischen hätte ich vielleicht gar nichts mehr dagegen einzuwenden gehabt, wenn uns ein anderes Paar zu einem gemeinsamen Streifzug durch den Club aufgefordert hätte. Jedenfalls wenn die zwei so attraktiv gewesen wären wie Jessica und Frank, die sich beim ersten Abendessen zu uns gesellt hatten. Von denen hatten wir seither aber nichts mehr gesehen. Schade eigentlich. Aber vorhin war ich einfach noch nicht so weit gewesen.

Ich ertappte mich dabei, wie ich andere Menschen in diesem Raum nun mit anderen Augen ansah als zu Beginn des Abends. Bei manchen Männern fragte ich mich jetzt ganz ernsthaft, wie die sich wohl zwischen meinen Beinen anfühlen mochten. War ich trotz meines (und unseres) Vorsatzes bereit für Partnertausch?

Wenn ich im Nachhinein darüber nachdenke, dann war ich das vermutlich schon seit der Begegnung mit dem fremden Paar in der dunklen Ecke gewesen. Da hatte ein sehr besonderer Zauber in der Situation gelegen, der irgendetwas in mir ausgelöst hatte. Aber jetzt, in diesem Moment hier im Barraum, war ich mir da nicht so sicher. Vor allem war ich mir nicht sicher, was es mit mir machen würde, sollte ich Marco beim Sex mit einer anderen Frau erleben. Der Gedanke eines fremden Schwanzes in mir war für mich hingegen nicht mehr undenkbar. Doch Partnertausch musste ja nicht gleich unbedingt auch Fremdfick bedeuten. Da gab es schließlich auch noch softere Möglichkeiten, die ebenfalls sehr prickelnd waren. Vielleicht würde das ja ein Kompromiss für diesen Abend sein – so mein Gedanke.

Da sich beim zweiten Abendessen kein zweiter Smalltalk ergab, machten wir uns irgendwann wieder auf den Weg zu einem Streifzug durch den Club.

Wir schauten hier und da auf eine Spielwiese, es war unterschiedlich viel los. Schließlich standen wir erneut vor der Nacktsuite, und ich betrachtete das Schild am Eingang. Hinter dieser Tür herrschte ein vollkommen anderer Dresscode als sonst in diesem Club – nackt eben. Ich muss gestehen, dass ich neugierig wurde, hinter diese Tür zu blicken. Aber war ich auch mutig genug, dort hineinzugehen?

„Na, traust du dich?", fragte Marco, der wohl meine Gedanken erraten hatte.

Ich zögerte einen Augenblick. Dass in diesem Moment ein nackter Mann und eine Frau in Slip und halterlosen Strümpfen (aber ohne Oberteil) den Raum verließen, gab mir einen Gedankenanstoß. Galt der Nacktzwang nicht allein für Männer, während für Frauen auch Dessous erlaubt waren? Zu Beginn des Abends hatte es doch eine Durchsage gegeben, die irgendetwas in der Art für diesen Raum mitgeteilt hatte. Oder wie war das noch?

„Du nackt und ich in Dessous?", fragte ich Marco.

„Auch das", entgegnete er.

Ich spürte, dass er mit mir in diese Suite wollte. Aber genau genommen, wollte ich es ja auch.

Wenn Frauen hier Dessous tragen durften, dann war es einfach für mich, diesem Dresscode zu genügen. Ich musste lediglich mein Cocktailkleid ausziehen und an einen Haken hängen. Ich trug nun noch Slip, BH, Pumps und halterlose Strümpfe. Eigentlich ganz schön viel für eine Nacktsuite. Aber mein Slip war nicht mehr als ein winziger String, und mein BH erlaubte auch großzügige Blicke auf meine Brüste. Trotzdem waren Marco und ich doch recht unterschiedlich gekleidet, als er die Tür öffnete. Er nämlich gar nicht.

Und damit war er perfekt angepasst an die herrschende Kleiderordnung hier. Tatsächlich waren alle Männer in dem großen, verwinkelten Raum nackt. Mehrere Frauen ebenfalls, wenn auch nicht alle. Mir fiel eine Frau auf, die nichts weiter als Pumps und Strümpfe trug eine andere lediglich einen knappen Tanga, wieder eine andere lediglich Pumps. Auf jeden Fall war eine Menge los in diesem Raum.

Von der Atmosphäre her hätte ich mir ganz genau so ein Orgie vorgestellt: Viele nackte Menschen, die durcheinander Sex hatten. Auf einem Sofa saß eine Frau, hatte den Schwanz eines Mannes im Mund, daneben stand ein zweiter Mann, und auch dessen Schwanz hatte sie in der Hand. Vermutlich würde sie die beiden abwechselnd blasen, schoss es mir durch den Kopf. Im nächsten Augenblick erhielt ich eine Bestätigung für meine Vermutung.

Auf einem Podest lag eine Frau, die von einem Mann genommen wurde, der davor stand, eine andere Frau stand neben dem Mann und massierte der liegenden Frau die Brüste, aus einem offenen Nebenraum drangen Geräusche, die auf ähnliche Aktivitäten hindeuteten. Als wir um die Ecke blicken, sahen wir zwei Paare beim Sex zu viert. Die Nische war mit den vier Menschen komplett ausgefüllt – sie konnten dort überhaupt keinen Abstand halten. Aber das wollten sie ja offensichtlich auch gar nicht. Zwei dieser Menschen in der Nische kannten wir: Jessica und Frank – unsere Bekanntschaft vom ersten Abendessen. Es erregte mich, ihnen beim Ficken zuzusehen – mit getauschten Partnern. Offensichtlich bemerkten sie uns nicht. Sie waren sehr auf das andere Paar konzentriert.

Obgleich in der Nackt-Suite ein munteres Gruppensex-Durcheinander herrschte, war es aber wohl nicht so, dass hier jeder für jeden freigegeben war. Ich spürte zwar die begehrlichen Blicke eines Mannes, der an uns vorüberging, aber er wagte es nicht, mich anzufassen. Ich hatte stark den Eindruck, dass er es gern getan hätte. Aber möglicherweise strahlte ich nicht die Bereitschaft dafür aus. Das empfand ich als sehr angenehm. Ich wusste nicht, ob ich wirklich die Befürchtung gehabt hatte, dass ich mich mit Betreten der Nackt-Suite gewissermaßen jedem Mann in diesem Raum zur Verfügung gestellt hätte, aber mir wurde sehr schnell klar, dass dies keineswegs der Fall war. Obgleich hier andere Spielregeln zu gelten schienen als in den übrigen Bereichen des Clubs, war das Durcheinander dennoch nicht grenzenlos.

Doch ich spürte, wie ich zunehmend in die Atmosphäre eintauchte, die hier herrschte. Als Marco mir den BH öffnete und abstreifte, empfand ich das beinahe als selbstverständlich. Tatsächlich entdeckte ich hier keine andere Frau, deren Brüste irgendwie bedeckt waren – allenfalls von Händen. Und overdressed wollte ich ja schließlich auch nicht sein.

„Den brauchst du hier nicht mehr", flüsterte er mir ins Ohr und legte das Kleidungsstück zur Seite.

Ich mochte ihm nicht widersprechen.

Nun hatte ich den Eindruck, dass ich noch mehr Blicke auf mich zog – vor allem männliche. Ich ertappte mich dabei, dass ich die Blicke genoss – und mich fragte, wer der anwesenden Männer vielleicht neugierig darauf war, meine Oberweite zu spüren.

Wir blieben vor einer der kleinen Spielwiesen (eher ein großes Bett) stehen, auf der sich zwei Paare vergnügten. Als einer der beiden fremden Männer an meinen Oberschenkel griff, öffnete ich meine Beine etwas weiter. Daraufhin ließ er seine Hand ungeniert an der Innenseite meines Oberschenkels nach oben wandern und streichelte meine Muschi – wenn auch mit dem Stoff des Slips dazwischen. Dass Marcos Schwanz sich währenddessen immer weiter aufrichtete, gefiel mir. Offensichtlich erregte es ihn, dass ich fremd befummelt wurde.

Marco griff nun zu meinem Slip und zog ihn mir aus – womit er dem fremden Mann meine Muschi präsentierte. Er gab mich für diesen Mann gewissermaßen frei. Der Gedanke erregte mich.

Der Fremde konzentrierte sich nun immer mehr auf mich, setzte sich auf den Rand des großen Bettes und vergrub seinen Kopf in meinem Schoß. Der

Kick, dass dies ein Fremder war, mit ich noch nie auch nur ein Wort gewechselt hatte, war unglaublich. Diese ganze Situation erregte mich so sehr, dass der unbekannte Mann mich verblüffend schnell zu einem Orgasmus geleckt hatte.

„Ich würde sagen, unsere ursprüngliche Verabredung für diesen Abend gilt nicht mehr", sagte ich zu Marco, während der Höhepunkt in mir abklang.

Nur den Club anschauen und lediglich anderen beim Sex zusehen? Plötzlich erschien mir diese Vorstellung als geradezu surreal. Wir hatten eine Welt betreten, in die ich mich immer mehr hineinfallen ließ, und die mich immer mehr erregte. Erregte und faszinierte.

Bevor Marco etwas auf meine Feststellung erwidern konnte, kniete ich auch schon auf der Spielwiese und streckte dem Fremden meinen Po entgegen. Umgehend hatte der Mann ein Kondom über dem Schwanz und seinen Schwanz in mir. Er fickte mich mit harten Stößen und ich griff zu dem Schwanz des anderen Fremden auf dieser Spielwiese. Die beiden Frauen hier waren in diesem Moment sehr mit sich beschäftigt – was sich allerdings änderte, als Marco sich zu ihnen gesellte. Ich weiß nicht mehr, ob ich zuerst den Schwanz des zweiten Fremden im Mund hatte, oder ob es Marcos Schwanz war, der zwischen den Lippen einer der beiden Ladys verschwand. Auf jeden Fall entstand hier ein wildes Durcheinander dreier Paare. Das Durcheinander hatte ja auch schon geherrscht, bevor wir uns zu diesem Vierer gesellt hatten. Aber die beiden Paare hatten uns sofort und bereitwillig mitspielen lassen – sehr bereitwillig, wie mir schien.

Der Mann bescherte mir bei diesem Doggy-Fick keinen Höhepunkt. Den aber erlebte ich, als ich etwas später auf dem Schwanz des anderen Fremden saß – und mich nicht sattsehen konnte an dem Anblick meines Freundes zwischen den Beinen einer der beiden anderen Frauen. Ich war mir ja anfangs nicht so sicher gewesen, was es mit mir machen würde, sollte ich Marco beim Fremdfick zusehen. Jetzt wusste ich es: Es bescherte mir eine Mischung aus Eifersucht und Geilheit – eine Mischung, die kaum zu beschreiben war. Diese Mischung brachte mein Herz zum Rasen, wobei die Geilheit gegenüber der Eifersucht immer mehr die Oberhand bekam.

Das alles erregte mich derart, dass ich mit meinem Orgasmus auf dem Schwanz des Fremden die gesamte Nacktsuite zusammenbrüllte. Als ich nach Abklingen meines Höhepunktes wieder zu mir kam und mich verstohlen umsah, blickte ich in mehrere grinsende Gesichter – männliche wie weibliche.

Der fremde Mann stieß mich nun mehr und mehr von unten, und bald kam er in mir – beziehungsweise in sein Gummi. Als dann auch Marco einen Orgasmus hatte und sich aus der fremden Lady zurückzog, griff ich nach seinem Schwanz, zog ihm das Kondom ab und nahm seinen schrumpfenden

Schwanz in den Mund. Die Geschmacksmischung aus Sperma und Gummi war eigentümlich, aber für mein Empfinden keineswegs unangenehm. Der Gedanke, dass der Schwanz meines Freundes vor wenigen Augenblicken noch in einer fremden Muschi gesteckt hatte, war seltsam, aber geil.

Ich konzentrierte mich nun auf mein Blasen, der fremde Mann zog sich aus mir zurück. Dafür vergrub er seinen Kopf zwischen meinen Beinen und leckte mich zu einem weiteren Orgasmus. Den erlebte ich nicht so ekstatisch wie kurz zuvor beim Fick, aber dafür durchzog mich eine sanfte, wonnige Welle, die meinen gesamten Körper zum Zittern brachte. Ich entließ Marcos Schwanz wieder an die Luft und wandte mich dem Mann in meinem Schoß zu, der mich so gefühlvoll geleckt hatte – und stellte erst jetzt fest, dass das gar nicht der Mann war, mit dem ich kurz zuvor noch gefickt hatte.

Dass er einer der beiden Frauen Platz gemacht hatte, war mir völlig entgangen. Ich hatte mich schon immer mal gefragt, wie sich der Sex mit einer anderen Frau anfühlen mochte. Nun wusste ich es. Ich warf ihr einen Luftkuss zu und sie erwiderte ihn mit einem zwinkernden Lächeln. Frauen lecken anders, schoss es mir durch den Kopf.

Das waren gleich mehrere Premieren, die ich in dieser Nacktsuite erlebt hatte, stellte ich fest, als ich kurz darauf unter der Dusche stand, das heiße Wasser genoss und wieder so halbwegs zu Sinnen kam. Ich hatte mich doch tatsächlich in eine Orgie fallenlassen – und dabei meinen Verstand so ziemlich abgeschaltet. Ich hatte nicht einmal mitbekommen, dass ein weiterer Mann, der am Rand der Spielweise gestanden und uns zugesehen hatte, meine Brüste massiert hatte. Vermutlich hatte ich es gespürt, aber ich hatte wohl keinen Gedanken daran verschwendet, wem diese Hand (oder Hände?) gehörten. Ich erfuhr erst nachträglich von Marco, dass es da zeitweilig noch einen weiteren Mitspieler gegeben hatte.

„Ist das immer so ein heftiges Durcheinander im Swingerclub?", wollte ich von ihm wissen, als wir etwas später wieder an der Bar saßen.

„Nein, so etwas erlebt man eher selten", entgegnete er. „Meist hat man Sex mit einem anderen Paar. Mit mehreren ist schon etwas Besonderes."

„Dann bin ich also von Null auf Hundert durchgestartet?"

„So kann man es ausdrücken", bestätigte er schmunzelnd.

Der Abend war damit noch nicht zu Ende. Doch den nächsten Sex hatten Marco und ich nur zu zweit. Ich weiß nicht, ob ich ihn damit vielleicht ein wenig enttäuschte. Er war ziemlich begeistert davon, dass ich unsere ursprüngliche Vereinbarung in der Nacktsuite vollkommen über Bord geworfen hatte und hätte sich wohl am liebsten in die nächste Gruppensex-Nummer geworfen. Ganz abwegig war der Gedanke auch für mich nicht. Trotzdem hatte ich nach diesem Erlebnis eher das Bedürfnis auf Nähe mit meinem Freund. Und als er mich zum Ausklang der Nacht in einem Separee zum Orgasmus fickte, ging es mir einfach nur gut.

Es war schön, dass Marco mich nicht drängte, nun sofort noch weitere wilde Dinge zu unternehmen. Er wusste vermutlich ganz genau, dass wir uns Zeit lassen konnten.

In dieser Nacht war ein Schalter in mir angeknipst worden. Plötzlich war ich einfach nur noch eine Frau, die gefickt werden wollte. Meine anfängliche Zurückhaltung hatte sich vollkommen aufgelöst – wie ein Aspirin in einem Glas Wasser. Wenn das die Wirkung eines Swingerclubs auf mich war, dann wollte ich mehr davon. Viel mehr!

Marco hatte mir eine neue Welt gezeigt, und der Weg durch diese Welt, hatte soeben erst begonnen. Ich war gespannt, wohin er mich und uns führen würde.

3.
Vereinbarungen und Erfahrungen

Zunächst führte uns dieser Weg zu Marcos Laptop. An dem Wochenende nach diesem aufregenden Cluberlebnis saßen wir (nach wieder einmal ausgiebigem Sex) in seinem Bett, und er klappte den Rechner auf, um mir etwas zu zeigen. So lernte ich Joyclub kennen.

Marco hatte ein Profil in diesem Erotikforum, wie ich erstaunt feststellte. Im ersten Moment war ich verwirrt, dass der Mann, mit dem ich seit einigen Monaten eine Beziehung hatte, in einem Erotikforum unterwegs war.

Aber Marcos Profil bei Joyclub bestand bereits seit mehreren Jahren, wie ich erkennen konnte. Nachdem wir uns kennengelernt hatten, hatte er darüber keine Kontakte mehr geknüpft, wie er mir versicherte. Ich war mir nicht ganz sicher, ob ich das glauben sollte. Immerhin erlebte ich meinen neuen Freund als einen ausgesprochen sexgierigen Menschen. Aber ich fragte nicht weiter nach.

Genau genommen, wollte ich gar nicht so genau wissen, was er trieb, wenn wir uns nicht sahen. Vielleicht war das eine der Nebenwirkungen, wenn man in zwei unterschiedlichen Städten lebte und sich nur am Wochenende sah – und manchmal auch nicht an jedem Wochenende. Für seine Beteuerung sprach nach meinem Empfinden allerdings, dass er mir sein Profil bei Joyclub ganz von sich aus gezeigt hatte und ich nicht irgendwie zufällig darüber gestolpert war.

„Ist das ein Swingerforum?", fragte ich ihn.

„Auch, aber nicht nur. Hier knüpfen Männer, Frauen und Paare die unterschiedlichsten Kontakte. Manche Menschen suchen einen Partner, manche ein Abenteuer, manche Gruppensex."

„Und wofür hast du dein Profil bisher genutzt?"

„Für dieses und jenes. Ich habe Frauen kennengelernt, aber auch Paare."

„Du bist hier sehr umtriebig gewesen, kann das sein?"

„Für eine gewisse Zeit war das so. Wenn man Single ist, dann lebt man sich aus. Ich jedenfalls."

Da konnte ich ihm nicht widersprechen. In meiner Zeit als Single hatte ich manchmal auch schnellen Sex gehabt – wenn auch nicht derart schnell wie bei diesem Abenteuer im Swingerclub. Aber jetzt war ich mit Marco zusammen, und wir waren mehr oder weniger ein Paar – auch wenn wir unsere Beziehung soeben sexuell geöffnet hatten.

Aber waren wir wirklich ein Paar? Ich kam wieder ins Grübeln. So richtig klassisch war unsere Beziehung nicht gerade. Wir wohnten nicht zusammen, und am vergangenen Wochenende hatten wir uns gegenseitig Fremdsex erlaubt. Machte ein Paar so etwas?

„Muss man immer alles in eine bekannte Schublade stecken?", entgegnete er auf meine Gedanken, als ich sie ihm mitgeteilt hatte.

Auch wieder wahr.

„Der Gruppensex am letzten Wochenende war jedenfalls ziemlich geil", sagte ich sowohl zu ihm wie auch zu mir selbst.

„Davon kannst du mehr bekommen", erwiderte er schmunzelnd.

„Ja, will ich!"

„Es gibt ja nicht nur Swingerclubs", fuhr er fort und klickte in dem Forum verschiedene Seiten an. „Die geileren Treffen finden manchmal eher privat statt."

„Und dafür machen wir jetzt aus deinem Solo- ein Paarprofil?"

„Hm. So hatte ich das nicht unbedingt gemeint", wich er aus.

Aha. Er wollte also sein Soloprofil behalten. Wollte er doch auch allein auf Pirsch gehen? Immerhin war er ein attraktiver und sportlicher Mann. Die freizügigen Bilder in seinem Profil hätten wohl auch mich dazu verleitet, ihn anzuklicken – ebenso wie der eloquente Stil seines Profiltextes. Dass er sich vor allem mit Letzterem von sehr vielen anderen Männern in diesem Forum unterschied, sollte mir erst später klarwerden. Jedenfalls wirkte sein Profil sehr ansprechend. In seiner Besucherliste, die er mir ebenfalls zeigte, waren so einige Frauen.

„Wenn du dein Soloprofil behältst, dann richte ich mir auch eins ein", sagte ich.

Das war eigentlich trotzig gemeint. Tatsächlich wollte ich gar keine Soloprofil in einem Erotikforum, sondern viel lieber ein Paarprofil gemeinsam mit meinem Freund. Aber diese Subbotschaft kam nicht an – oder vielleicht wollte Marco sie auch nicht ankommen lassen.

„Das kann ich dir ja wohl schwerlich verübeln", entgegnete er zu meiner Überraschung.

Marco wollte uns zwei also nicht der Swingerwelt als Paar präsentieren. Das wurde mir im weiteren Verlauf unserer Unterhaltung immer klarer. Vielleicht war das eine Nebenwirkung seiner noch nicht lange zurückliegenden Ehescheidung. Frisch geschiedene Männer hatten ja manchmal eine gewisse Bindungsangst. Ich beschloss, ihm die Zeit zu lassen, die er für mehr emotionale Nähe (und dann vielleicht auch ein Paarprofil) benötigen würde. Irgendwie hatte so eine offene Beziehung, die sich bei diesem Gespräch immer mehr als Option herauskristallisierte, ja auch einen gewissen Reiz.

Schließlich trafen wir die Vereinbarung, dass wir uns gegenseitig erlaubten, uns auch allein umzuschauen und mit anderen Menschen Sex zu haben. Wir versprachen uns jedoch, offen damit umzugehen, und dem anderen zumindest auf Nachfrage ehrlich Auskunft zu geben, ob wir Fremdsex hatten, wenn wir uns nicht sahen.

Das war eigentlich nicht die Art Beziehung, die ich mir bei unserem ersten Date ein paar Monate zuvor vorgestellt hatte, überlegte ich, als ich an diesem Sonntagabend wieder im Zug saß und nach Hause fuhr. Diese Vereinbarung, die wir getroffen hatten, war reizvoll, aber irgendwie auch seltsam. Ich hätte mir mehr Verbindlichkeit in unserem Miteinander gut vorstellen können, Marco ganz offensichtlich nicht. Aber vielleicht passte unsere Vereinbarung ja ganz gut zu unserer Fernbeziehung. Was auch immer das mit uns machen würde.

Zumindest würde ich mir nun tatsächlich ein Soloprofil in diesem Erotik-Forum zulegen, beschloss ich. Wenn mein Freund hier allein unterwegs war, dann wollte ich das auch machen. Gleiches Recht für beide. Ob ich dann auch reale Kontakte darüber knüpfen wollte, wusste ich noch nicht. Man würde sehen.

Tatsächlich legte ich ein paar Tage später mein Profil bei Joyclub an, füllte es zunächst aber nur spärlich mit Bildern und Texten. Doch ich klickte von meinem Profil aus sehr schnell Marco an – damit er wusste, dass es mich nun ebenfalls hier gab. Tatsächlich registrierte er meinen Profilbesuch und schickte mir eine Clubmail, in der er mich herzlich willkommen hieß in diesem Forum. Es war seltsam, auf diese Weise mit dem Mann zu kommunizieren, mit dem ich schon seit Monaten zusammen war.

Aber waren wir wirklich ein Paar? Die Frage stellte ich mir immer und immer wieder – bis ich irgendwann beschloss, dass sie müßig war. Es ging uns gut miteinander – ganz gleich, welches Etikett wir an unsere sehr besondere Beziehung hängen wollten. Und besonders war das in der Tat, was wir miteinander hatten.

Wir besuchten in den kommenden Wochen zwei weitere Swingerclubs, die Marco bereits kannte. In beiden Clubs herrschte ein anderer Dresscode als im Spreewald. Meine Aufregung war unmittelbar vor beiden Besuchen zwar ähnlich wie in jenem ersten Club, aber zugleich machte es mir auch Spaß, mich in dieser Umgebung in sexy Dessous zu präsentieren. Beide Male wählte ich ein Outfit, in dem meine Brüste gut zur Geltung kamen – wozu Marco mich ausdrücklich ermutigt hatte. Meine Oberweite, so meinte er, sei doch ein Blickfang, den ich nicht verstecken solle.

Nun sind meine Brüste tatsächlich nicht ganz klein – aber mit 80D auch wieder nicht derart groß, wie manche Frauen sie in diversen Pornofilmen zu bieten haben. Dafür sind meine echt. Auf jeden Fall hatte Marco sicherlich recht mit seiner Einschätzung. Die Blicke, die ich an beiden Abenden zu spüren bekam, deuteten jedenfalls sehr darauf hin.

Wir erlebten zwar nicht ein derart heftiges Gruppensex-Durcheinander, aber wir hatten bei beiden Clubbesuchen ernsthaften Partnertausch mit einem anderen Paar – bei einem der Besuche im Laufe des Abends sogar mit zwei verschiedenen Paaren. Ich hätte nicht sagen können, was mir besser gefallen hatte: das Durcheinander mit vielen oder der eher sanfte Sex mit nur einem Paar.

Was ich aber als ausgesprochen aufregend empfand, war der Sex zu dritt mit einem anderen Paar zu fortgeschrittener Stunde. Marco war an diesem Abend bereits mehrfach gekommen und konnte ganz einfach nicht mehr (was eher ungewöhnlich war für diesen potenten Mann). Er lehnte sich bequem an die Wand des kleinen Raumes und sah mir beim Spiel mit dem anderen Paar zu. Anders als er war ich in diesem Augenblick keineswegs satt. Dass ich dabei auch wieder in den Genuss kam, von einer Frau zum Höhepunkt geleckt zu werden, war ein Zusatzkick. So etwas hatte ich ja bereits im Spreewald erlebt – nur dass ich dieses Mal genau wusste, wer mich verwöhnte. Im Spreewald hatte ich ja erst realisiert, dass da eine andere Frau zwischen meinen Beinen gewesen war, als mich der Höhepunkt durchzuckte. Hier war das anders.

Ich musste zugeben, dass mir dieses etwas andere Spiel sehr gefiel.

„Die meisten Frauen in einem Swingerclub haben eine zumindest leichte Bi-Neigung", erzählte mir Marco später auf dem Heimweg.

Das hatte ich auch in diesem Swinger-Ratgeber gelesen, der mir meine anfänglichen Schwellenängste im Vorfeld reduziert hatte. Ich hatte mich zwar in der Vergangenheit hin und wieder mal gefragt, wie sich der Sex mit einer anderen Frau wohl anfühlen mochte, aber ich hätte nicht gedacht, dass der Begriff Bi oder auch nur Bi-Neigung ernsthaft auf mich zutreffen könnte. In dieser Hinsicht hatte ich mich mit dem Swingen neu entdeckt. Und ich hatte den Eindruck, dass ich nicht nur eine leichte Neigung zu anderen Frauen hatte. Da war sicherlich noch mehr zu entdecken.

4.
Privat statt Club

Hin und wieder loggte ich mich dann doch bei Joyclub ein. Ich war (vor allem in der ersten Zeit) erstaunt, wie viele Mails ich bekam – vor allem von einzelnen Männern. In meinem Profil gab es anfangs nur wenige Bilder (die lediglich meine Figur erahnen ließen) sowie meine Rohdaten wie Alter, Größe, Gewicht und ein paar spärliche Sätze, die ein seltsamer Textgenerator anhand einiger von mir vorgegebener Vorlieben ausgespuckt hatte. Vielleicht reichten manchen Männern diese Daten ja: eine Frau von 36 Jahren, schlank und vollbusig – und schon sagte das männliche Hirn: ficken! Natürlich ging ich auf die (größtenteils ziemlich plumpen) Mails nicht ein. Was soll frau auch antworten, wenn die Mail eines völlig unbekannten Mannes lediglich aus „Hi, alles klar?" besteht?

Männer, wirklich: Ein klein bisschen mehr Mühe müsst ihr euch dann doch machen, wenn ihr mir an die Wäsche wollt! Allerdings befürchte ich, dass jene Männer, die ich damit meine, nicht unbedingt Bücher lesen – und somit auch diesen Hinweis nicht zur Kenntnis nehmen werden.

An diesem Montagvormittag im Büro musste ich schmunzeln, als ich die Mail eines Mannes öffnete, der mir nur allzu vertraut war. Marco wünschte mir einen guten Start in die Woche und forderte mich auf, mir doch mal das Profil eines Paares anzusehen, mit dem er am Vorabend einen längeren Chat gehabt habe.

Ich sah mir das Profil an und musste ihm recht geben: Das waren offensichtlich zwei attraktive Menschen, die sich in ihrem Profil interessant beschrieben hatten.

Als ich mich am Abend erneut in das Forum einloggte, hatte ich eine Mail von den beiden:

Hallo Nina, wir sind einfach mal so dreist und schreiben dich an. Und ja, wir kennen auch deinen Namen – Marco hat ihn uns gestern Abend im Chat verraten. Wie wir hörten, hast du die Welt der Swinger entdeckt und bist neugierig auf mehr. Vielleicht hast du ja Lust auf ein Date mit uns? Natürlich gemeinsam mit deinem Freund. Wir lieben den Sex zu viert. Und wenn dir unser Profil gefällt, dann laden wir euch gern zu uns nach Hause ein. Liebe Grüße, Sonja und Jan

Soso, Marco hatte ihnen also meinen Namen verraten – und nicht nur den Profilnamen. Was hatte er wohl sonst noch über mich erzählt? Irgendwie war es doch blöd, dass wir kein gemeinsames Profil hatten, wenn wir hier gemeinsame Kontakte knüpfen wollten. Aber ich hütete mich davor, dieses Thema noch einmal anzusprechen. Wenn man einen Mann zu etwas drängen wollte, dann erreichte man oftmals das Gegenteil. Marco musste schon selbst auf die Idee kommen. Kam er aber nicht.

Ich sah mir das Profil von Sonja und Jan noch einmal genauer an. Sie war 46 und er 51 – beide also ein paar Jahre älter als wir. Aber damit hatte ich keine Probleme. Altersunterschiede hatte ich beim Sex schon immer als zweitrangig betrachtet – in beide Richtungen. Jedenfalls wenn der Rest stimmte. Und dieser Rest sah hier sehr ansprechend aus. Ich war nur angenehm überrascht, dass auch Marco offenbar kein Problem mit Frauen hatte, die älter waren als er. Meist konnte es Männern ja gar nicht jung genug sein.

Sonja und Jan hatten mir eine Fotogalerie geöffnet, die nicht jeder sofort einsehen konnte, und die eigens freigeschaltet werden musste. In dieser Galerie konnte ich den beiden nun auch virtuell in die Augen blicken. Und dieser Blick bestätigte meinen ersten positiven Eindruck. Wenn das keine zehn Jahre alten Bilder waren, dann hatten sich die beiden gut gehalten. Offensichtlich machten sie viel Sport, wie auf einigen der Bilder auch zu erkennen war: er auf einem Mountainbike, sie beim Joggen. Aber es waren nicht nur Alltagsbilder, die sie mir zeigten. In einer weiteren Galerie sah man sie sehr freizügig, auch beim Sex – und das nicht nur zu zweit. Ich musste mir eingestehen, dass ich mir sehr lange zwei Bilder ansah, die Sonja mit einer anderen Frau zeigten. War Marco auf dieses Profil aufmerksam geworden, weil die Frau eine starke Bi-Neigung hatte, wie im Profiltext zu lesen war? Bei unseren bisherigen Erlebnissen hatte ich den Eindruck gehabt, dass es meinen Freund sehr erregte, wenn ich Sex mit einer Frau hatte – wenngleich das bisher eher Bisex der soften Art gewesen war. Aber es konnte natürlich gut sein, dass er diese Sache etwas pushen wollte.

Ich fragte mich, ob ich Lust haben würde auf Sex mit dieser Frau – und kam zu einem sehr deutlichen Ja. Und mit ihrem Mann? Oh ja – das auch.

Etwas länger blieb ich an der Liste der Vorlieben dieser beiden Menschen hängen. In meinem eigenen Profil war diese Rubrik noch immer recht spärlich ausgefüllt – bei Sonja und Jan hingegen gab es da so einiges zu lesen. Sie mochten Küssen, Gruppensex, harten Sex, Spermaspiele und dergleichen mehr. Wobei ich mich fragte, was sie unter Spermaspielen wohl verstehen mochten. Vielleicht würde ich es ja erfahren.

Ich antwortete freundlich auf die Mail der beiden und schickte ihnen ein Gesichtsbild mit. Sie bedankten sich umgehend und schrieben zu meiner Verblüffung, dass ihnen Marco genau dieses Bild bereits geschickt habe.

Ach so? Hatte er das? Da gab es wohl einen gewissen Klärungsbedarf zwischen uns.

Eine Stunde später rief ich ihn an und teilte ihm mit, dass er bitte nicht ungefragt mein Gesichtsbild an mir unbekannte Menschen schicken möge. Er verstand, dass ich das als übergriffig wahrgenommen hatte, und wir versprachen uns gegenseitig, uns künftig vorher um Erlaubnis zu fragen. Ein bisschen mussten wir uns wohl noch zurechtruckeln mit unserem zweigleisigen Surfen in diesem Erotikforum. Mit einem Paarprofil wäre das etwas einfacher. Aber das wollte der Mann nun einmal nicht.

Immerhin waren wir uns einig, dass wir uns ein Date mit Sonja und Jan vorstellen konnten.

Es fand am übernächsten Samstag statt. Die beiden hatten ein Haus auf dem Land, etwa eine Autostunde von Hamburg entfernt. Ich hätte es vorgezogen, dieses Paar erst einmal auf neutralem Boden zu treffen – etwa in einem Bistro oder zum Spaziergang. Aber sowohl die beiden als auch Marco meinten, das sei überflüssig. Also gut, ich wollte keine Spaßbremse sein – auch wenn mir das alles ein bisschen zu hoppla hopp ging. Notfalls würde ich die Notbremse ziehen müssen, falls die zwei sofort über uns herfallen wollten. Im Gegensatz zu einer Aussage in ihrem Profil empfand ich ein wenig Anlaufzeit keineswegs als überflüssig. Wie hatte ich doch in einem anderen Paar-Profil bei Joyclub gelesen: Mit etwas Anlauf kann man auch weiter springen. Ein kluger Satz in diesem Zusammenhang. Ich war gespannt, wie weit der Sprung mit Sonja und Jan reichen würde.

Entgegen meiner latenten Erwartung fielen die beiden aber keineswegs direkt über uns her. Sonja trug zwar eine ziemlich offenherzige Bluse (und darunter erkennbar keinen BH), aber ansonsten benahmen sich die beiden wie ganz normale Gastgeber, die ganz normale Freunde zu Besuch hatten. Da war ich mit meinem Minikleid und den Netzstrümpfen beinahe noch mehr aufreizend angezogen als Sonja.

Wir umarmten uns zur Begrüßung wie alte Bekannte, vor allem Jans innige Umarmung und sein Küsschen auf meine Wange war mir beinahe eine Umdrehung zu viel. Aber dabei beließ er es erfreulicherweise. Die zwei hatten ein Abendessen vorbereitet, der Tisch im Wohnzimmer war stilvoll gedeckt. Bei Steak, Backofenkartoffeln und viel Rotwein wurden wir im Laufe des Abends miteinander warm. Leise Musik und das Licht, das ausschließlich von Kerzen stammte, widerlegte meine Befürchtungen hinsichtlich des zu erwartenden Tempos unserer Gastgeber.

Irgendwann kamen unsere anfangs neutralen Gespräche auf unsere Aktivitäten bei Joyclub und in der Swingerwelt zu sprechen.

„Ich bin da ein ziemlicher Neuling", musste ich eingestehen.

„Ja, das hat uns Marco beim Chatten erzählt", bestätigte Jan und sah mich mit blitzenden Augen an: „Sehr reizvoll."

Aha, dachte ich. Der Reiz, eine Anfängerin zu verführen.

„Aber ein paar Dinge habe ich, beziehungsweise wir, dann doch schon erlebt", schob ich umgehend nach.

Er sollte ja nicht denken, hier ein unbedarftes Naivchen vor sich zu haben.

„Wir hörten davon", sagte Sonja. „Und auch, dass es dir bisher sehr gefallen hat."

„Das kann ich nicht abstreiten. Sonst wären wir heute nicht hier. Jedenfalls ich nicht."

„Schön, dass du heute hier bist", erwiderte Jan und lächelte mich tiefgründig an.

„Sagt mal", entgegnete ich nun: „In eurem Profil steht, dass ihr keine lange Anlaufzeit braucht. Wie ist das denn gemeint?"

„Ganz genau so, wie es da steht", sagte Jan. „Wenn uns ein Paar sympathisch ist, dann darf es auch schnell zur Sache gehen."

„Wie schnell?"

„Sehr schnell", schmunzelte Sonja – um nach einer kurzen Pause hinzuzufügen: „Wir hatten auch schon Besuch, mit dem wir direkt vom Flur ins Schlafzimmer weitergewandert sind."

„Und das Abendessen fand erst sehr viel später statt", fügte Jan hinzu.

„Spannend", warf Marco ein, dem diese Variante zu gefallen schien.

Ich war mir da nicht so sicher, wie mir so etwas gefallen würde.

„Aber heute Abend habt ihr einen Gang zurück-geschaltet?", fragte ich nach.

„Nein, mindestens zwei Gänge", erwiderte Sonja schmunzelnd.

„Wir sind durchaus in der Lage, uns auf das Tempo unserer Gäste einzustellen", erklärte Jan. „Swingen ist wie Joggen: Der Langsamere bestimmt das Tempo."

Diesen Satz hatte ich auch schon mal irgendwo gelesen. Das war wohl so etwas wie eine allgemeine Weisheit in der Welt der Swinger. Jedenfalls ein klu-ger Satz.

„Und da wir wissen", fügte er hinzu, „dass dies dein erstes Privatdate ist, haben wir euch natürlich nicht in Dessous empfangen."

„In Dessous? Macht ihr das sonst?"

„Das ist schon vorgekommen", bestätigte Sonja. „Und es ist auch schon vorgekommen, dass wir es dann gar nicht mehr bis ins Schlafzimmer geschafft haben."

„Sagt nicht, ihr habt im Flur gevögelt?", fragte ich erstaunt nach.

Als Antwort erhielt ich lediglich den Blick in zwei schmunzelnde Gesichter. Zumindest wusste ich nun, was die beiden unter „keine Anlaufzeit" verstanden: keine Anlaufzeit.

Es entstand ein Augenblick der Stille, und ich hatte das Gefühl, dass alle mich ansahen – auch Marco, dessen Augen während des ausgedehnten Abendessens bisher vor allem an Sonjas Dekolletee geklebt hatten. Offenbar waren diese drei erfahrenen Swinger (wozu ja auch mein Freund zählte) neugierig auf meine Reaktion.

„Ach so", sagte ich und griff zu meinem Weinglas.

Ich hatte keine Ahnung, warum die drei anderen plötzlich zu lachen begannen. Manches musste ich vielleicht auch nicht verstehen.

„Wir haben euch noch gar nicht unser Haus gezeigt", sagte Jan schließlich. „Habt ihr Lust auf eine kleine Runde durch unser Reich?"

Ich war ganz erleichtert über diesen Vorschlag, der unser immer intimer werdendes Gespräch wieder auf eine neutrale Ebene zurückholte – wie ich naiverweise dachte. Tatsächlich war die Besichtigung erst einmal eine Angelegenheit, bei der man sich nichts weiter denken musste. Selbst als sie uns ihr Schlafzimmer mit dem übergroßen Ehebett zeigten, kam keine Situation auf, bei der man zum Sex hätte übergehen können – was ja durchaus denkbar gewesen wäre.

Am Schluss jedoch führten sie uns in den Keller des Hauses – das Highlight, wie Jan ankündigte. Das Highlight? Der Keller? Ich versuchte mich zu erinnern, ob im Profil der beiden etwas von SM gestanden hatte und machte mich darauf gefasst, eine Sammlung von Peitschen, Handschellen und dergleichen mehr vorzufinden. Eigentlich war von einer solchen Vorliebe nicht die Rede gewesen. Aber das musste ja nichts heißen.

Doch in diesem Keller erwartete uns keine Folterkammer, sondern ein Wellnessbereich. Ich atmete auf. Es gab eine Sauna, eine offene Duschecke, einen kleinen Ruhebereich und, was mich besonders faszinierte: einen Whirlpool. Das war tatsächlich ein Highlight, schoss es mir durch den Kopf. Jan schaltete den Pool an, das Wasser darin begann zu blubbern und der Pool erstrahlte in einer warmen, lilafarbenen LED-Beleuchtung. Als unser Gastgeber nun die normale Deckenlampe ausknipste, wurde der Pool zur einzigen Lichtquelle und tauchte den gesamten Raum in ein schwaches, warmes Licht, das eine unwiderstehliche Wohlfühlatmosphäre verbreitete. So viel also zu meiner Befürchtung, in eine Folterkammer geführt zu werden.

„Lust auf ein Bad im Pool?", fragte Sonja und sah mich lächelnd an.

Bevor ich etwas erwidern konnte, umarmte und küsste sie mich. Das kam in diesem Moment für mich zwar überraschend, aber schließlich wussten wir ja alle, warum wir hier waren. So ließ ich mich auf den Kuss ein und drückte mich eng an den Körper der Gastgeberin. Unsere Zungen tanzten miteinander, Sonjas Hände wanderten auf meinen Po und unter mein Kleid. Ich spürte ein leichtes Zittern in mir. Oh ja, ich hatte Lust auf diese Frau.

Als sich unsere Lippen wieder voneinander lösten, strahlten wir uns an. Erst jetzt bemerkte ich, dass die Männer dabei waren, sich auszuziehen. Auch Sonja öffnete ihre Bluse, Jan half ihr dabei und Marco half mir aus dem Kleid. Das war jetzt beinahe ein bisschen sachlich, stellte ich fest. Sich gemeinsam ausziehen, hätte ja auch zu einem sinnlichen und paarübergreifenden Spiel werden können. Aber offensichtlich wollten alle rasch in diesen verlockend blubbernden Pool. So waren wir alle vier ziemlich schnell nackt.

Für ein paar Sekunden musterte ich unsere Gastgeber. Nein, die Bilder in ihrem Profil hatten nicht zu viel versprochen. Sie waren vielleicht schon ein paar Jahre alt, aber diese zwei Menschen waren gut trainiert. Und Jans knackiges Hinterteil war ein Hingucker, wie ich feststellte, als er in den Pool stieg. Ich widerstand der Versuchung, einfach meine Hand darauf zu legen – auch wenn ich mir sicher war, dass er nichts dagegen einzuwenden gehabt hätte. Aber ich war doch sehr zuversichtlich, dass ich mit diesem sportlichen Körper sehr bald würde Hautkontakt aufnehmen können.

Auch Sonja hatte verlockende Rundungen zu bieten. Ihre Brüste waren etwas kleiner als meine, aber nicht viel. Ich konnte schon verstehen, dass Marco ihr während des Abendessens ständig ins Dekolletee gefallen war. Dass unsere Gastgeber im Intimbereich ebenso glatt rasiert waren wie Marco und ich, empfand ich als angenehm. Natürlich war mir klar, dass dies nun der Auftakt für Sex zu viert war. Und bei oralen Spielarten mochte ich es nicht, wenn Haare die Liebkosungen störten. Außerdem sah glattrasiert ganz einfach schöner aus – jedenfalls in meiner Wahrnehmung.

Schließlich fanden wir uns alle in dem wohlig warmen Wasser wieder. Der Pool war nicht übermäßig groß, für vier Menschen reichte er aber vollkommen aus – wobei man hier gar nicht vermeiden konnte, mit den anderen Körperkontakt aufzunehmen. Ich war mir sicher, dass unsere Gastgeber die Größe dieses sehr besonderen Einrichtungsgegenstandes sehr bewusst und mit Blick auf erotischen Besuch gewählt hatten.

Kaum waren wir im Pool, setzten Sonja und ich unsere Knutscherei fort. Sie war sehr zielstrebig, und ich vertraute mich ihr gern an. Sie streichelte meine Brüste und ich erwiderte ihre Liebkosungen auf die gleiche Weise. Als ich eine Hand zwischen meinen Beinen spürte und kurz darauf eine weitere, dachte ich nicht mehr darüber nach, wessen Finger das waren. Offensichtlich hatten die drei anderen beschlossen, mich in die Mitte zu nehmen.

Als Sonja und ich unseren ausgedehnten Kuss beendet hatten, blieb mir kaum Zeit zum Luftholen. Umgehend waren da nun Jans Lippen, und ich setzte mit ihm fort, was ich mit seiner Frau begonnen hatte. Ich fand es schön, dass ich anschließend auch mit Marco einen innigen Kuss austauschte – auch wenn der längst nicht so ausgedehnt war, wie mit unseren Gastgebern. Sonja und Jan ließen sich damit viel mehr Zeit. Und als die zwei ihre Knutscherei beendet hatten, küsste Sonja auch Marco. Es ging hin und her – lediglich die beiden Männer küssten sich nicht. Wie es wohl wäre, wenn alle vier eine Bi-Neigung hätten, und wirklich ein Wechselspiel Jeder-mit-Jedem entstehen würde? Aber beide Männer waren hetero – jedenfalls stand das so in den Profilen. Und bei Marco hatte ich bisher auch noch keine Ambitionen zu homoerotischen Spielen ausmachen können.

Sonja umarmte mich erneut, sie drückte ihren Schoß gegen meinen, beide ließen wir uns im Wasser schweben. Das Gefühl von Schwerelosigkeit machte die Sache nicht nur einfacher, sondern verursachte bei mir auch ein Gefühl von innerer Leichtigkeit. Der viele Wein vom Abendessen verstärkte das noch. Dazu die schwül-warme Luft und das blubbernde Wasser – das waren Zutaten, mit denen ich mich wunderbar fallenlassen konnte.

„Setz dich auf den Rand", forderte Sonja mich auf, und ich tat es.

Ich ahnte, was sie wollte und sollte recht behalten. Kaum saß ich auf dem Rand des Pools und hatte meine Beine nur noch bis zu den Knien im Wasser, war Sonja auch schon mit ihrem Kopf zwischen meinen Oberschenkeln. Ich öffnete sie mehr als bereitwillig, und umgehend war sie mit ihrem Mund an meiner Muschi. Sie hielt sich nicht mit langen Vorspielen auf, sondern tauchte mit der Zunge umgehend zwischen meine Schamlippen ein. Ich war sicherlich nicht nur vom Wasser feucht. Und Sonjas Liebkosungen verstärkten das erheblich.

Jan setzte sich ebenfalls auf den Rand des Pools, legte einen Arm um mich und küsste mich. Mit einem Arm hielt er mich fest, sodass ich mich entspannt zurücklehnen konnte, während seine Frau meine Pussy verwöhnte, mit der anderen Hand massierte er meine Brüste. Ich spürte, wie zwei Finger in meine Muschi eindrangen. War das Sonja, oder war das Marco? Egal, es war geil. Sonjas Lecken wurde intensiver, ebenso die beiden Finger, die mich fickten.

Ich griff zu Jans Schwanz, der steif und hart in die Höhe ragte. Ich rieb daran, war aber von Sonjas Liebkosungen zwischen meinen Beinen zu sehr erregt, als dass ich mich ernsthaft auf ihn konzentrieren konnte – auch wenn mir sehr gefiel, was ich da in der Hand hielt.

Als Sonja mir einen Höhepunkt bescherte, verkrampfte ich mich und griff fest zu – möglicherweise etwas zu fest. Jedenfalls atmete Jan plötzlich ruckartig ein und hielt meine Hand fest. Ich lockerte meinen Griff und sah ihm in die Augen an, während mich die Nachzuckungen des Orgasmus noch immer durchzuckten. Was denn, sagte ich im Gedanken zu ihm. Bei euch stand doch eine Vorliebe für harten Sex. War das etwa schon zu hart?

Ich ließ mich zurück ins Wasser gleiten, umarmte und küsste Sonja. Dass sie nach meiner Feuchtigkeit schmeckte, gefiel mir. Aber ich wollte mehr von ihr schmecken und drückte sie zu der Stelle, an der ich gerade noch gesessen hatte. Sie erhob sich und setzte sich auf den Rand des Blubberbeckens. Wir tauschten ganz einfach die Rollen, und ich verwöhnte sie ausgiebig mit Zunge und Fingern. Aus den Augenwinkeln bekam ich mit, dass beide Männer sie währenddessen küssten – vor allem auf Mund und Brüste. Als Sonja so weit war, schrie sie ihren Orgasmus laut hinaus.

Ich tauchte wieder aus ihren Oberschenkeln auf und stellte fest, dass ich in diesem Moment allein war im Wasser. Meine drei Mitspieler saßen alle auf dem Rand des Pools, die Männer hatten Sonja eingerahmt, sie hatte in jeder Hand einen Schwanz und rieb daran – was beide sichtlich genossen. Ich legte ebenfalls Hand an Jans Schwanz und beugte mich im nächsten Moment darüber. Sonja gab ihn frei, ich leckte daran und nahm ihn tief in den Mund. Als ich ihn ernsthaft zu blasen begann, spürte ich Jans Hände auf meinem Kopf.

Kurz darauf war Sonja neben mir und verwöhnte Marco auf die gleiche Weise. Ich schielte zur Seite, sie ebenfalls, und wir zwinkerten uns zu. Sie streichelte meine Brüste, ohne ihre Liebkosungen für Marco zu unterbrechen – sozusagen nebenbei. Plötzlich hatte ich die Fantasie, dass da zwei weitere Männer wären, die uns beide nun einfach von hinten nehmen würden, während wir unsere Männer weiter bliesen. Diese Männer gab es zwar nicht, aber der Gedanke war reizvoll. Dann allerdings konzentrierte ich mich wieder ganz auf das, was ich im Mund hatte: den Schwanz unseres Gastgebers.

Ich bemerkte, dass Sonjas Bewegungen intensiver wurden. Sie nahm auch eine Hand dazu und blies Marcos Schwanz mit viel Hingabe. Wollte sie ihn zum Spritzen bringen? Ich konnte mir vorstellen, dass sie das auf die Weise bald erreichen würde. Sollte ich das mit Jan auch tun? Ich war mir nicht so sicher, ob ich das wollte – jedenfalls nicht so lange ich noch ungefickt war. Dennoch verstärkte auch ich mein Blasen, und auch ich nahm jetzt eine Hand zu Hilfe. Sonja bemerkte es, wir zwinkerten uns erneut zu – und sie wurde noch heftiger. Ich zog erneut nach.

Was wurde das jetzt hier? Ein Wettbewerb nach dem Motto „Wer bringt einen Schwanz als erste zum Spritzen?". Noch während mir dieser Gedanke durch den Kopf schoss, stellte ich fest, dass Sonja diesen nicht erklärten Wettkampf gewonnen hatte. Marco kam in ihrem Mund, sein Orgasmus war unverkennbar. Sonja hielt die Lippen fest geschlossen, ganz offensichtlich schluckte sie seinen Saft. Kurz darauf explodierte auch Jans Schwanz in meinem Mund. Auch ich sah keinen Grund, sein Sperma ins Wasser zu spucken und schluckte es ebenfalls.

Als die Männer wieder zur Ruhe kamen, küsste Sonja mich. Der Gedanke, dass wir dabei die Spermareste der beiden Männer teilten, war ein Kick. Auch dass Jan und Marco sich wieder zurück ins Wasser gleiten ließen und sich an unseren Liebkosungen beteiligten, empfand ich als sinnlich. Keiner der beiden hatte Scheu davor, uns zu küssen. Das hatte ich bei anderen Männern schon anders erlebt. Sperma im Mund einer Frau war für manch einen Mann ein Grund, eine Frau nicht zu küssen – selbst wenn es sich um sein eigenes Sperma handelte. Jan und Marco gehörten erfreulicherweise nicht zu diesen Männern.

Wir blieben im Wasser, genossen die ruhige Stimmung nach dem Sex. Wobei – was hieß schon nach dem Sex? Eigentlich war das alles doch eher ein ausgedehntes Vorspiel gewesen. Wir hatten alle vier einen Höhepunkt erlebt, aber das war ja wohl nur ein Auftakt. Da durfte gern noch mehr kommen. Und ich war mir sicher, dass da noch mehr kommen und es nicht nur bei Oralsex bleiben würde.

„Du bläst fremd bis zum Ende", sagte Sonja und belegte mich mit einem eigentümlichen Lächeln.

„Du ja auch", entgegnete ich und lächelte auch sie an.

„Ich mag das."

„Ich auch."

„Schon immer? Bei mir hat sich das erst im Laufe unserer Swingerei entwickelt."

„Nein, ich mochte das schon immer", entgegnete ich. „Vielleicht hat das etwas zu tun mit meinen ersten Erfahrungen als Teenager."

„Als Teenager?", fragte Jan.

Alle sahen mich an – auch Marco. Er kannte die Geschichte ebenso wenig wie unsere Gastgeber.

Ich war als Teenager ein ziemlicher Spätzünder in Sachen Sex. Erst kurz vor dem Abitur konnte ich mich so richtig auf einen Jungen einlassen, dem ich schließlich auch erlaubte, mir an die Wäsche zu gehen. Unser erster Sex (wenn auch noch ohne Geschlechtsverkehr) fand im Auto seiner Eltern statt. Er saß auf dem Fahrersitz, ich auf dem Beifahrersitz. Ich trug einen Minirock, und während unseres ausgiebigen Knutschens befummelte er meine Pussy. Er machte das zwar nicht sonderlich einfühlsam, aber er bescherte mir trotzdem einen Orgasmus dabei. Mutter Natur hat mich erfreulicherweise mit einer recht guten Orgasmusfähigkeit ausgestattet.

Als mein Höhepunkt wieder abgeklungen war, griff der Junge nach meiner Hand und führte sie in seinen Schoß. Gemeinsam öffneten wir seine Hose, und schließlich hielt ich seinen steifen Schwanz in der Hand – das erste Mal in meinem Leben. Ich hatte wahnsinnig Herzklopfen dabei und rieb an dem

Teil. Aber der Junge wollte mehr. Er nahm meinen Kopf und drückte ihn in seinen Schoß. Er wollte, dass ich seinen Schwanz in den Mund nahm. Ich war mir nicht so sicher, ob ich das auch wollte. Aber nachdem ich mir sein bestes Stück eine Weile aus nächster Nähe angesehen hatte, tat ich es schließlich doch.

Ich schloss meine Lippen fest darum und rieb zugleich mit der Hand daran. Offenbar gefiel ihm das. Aber es gefiel ihm besser, als ich es erwartet hätte. Es dauerte jedenfalls nicht lange, bis er in meinem Mund kam – ohne jede Vorwarnung. Ich war völlig verblüfft. Und da ich nicht wusste, was ich damit machen sollte, habe ich es geschluckt. Es war einfach ein Reflex.

„Dabei ist wohl eine gewisse Vorliebe für diese Spielart entstanden", schloss ich, meine Erzählung.

„Ich glaube, es gibt schlechtere Vorlieben", entgegnete Jan mit leuchtenden Augen.

„Das glaube ich, dass dir das gefällt", sagte seine Frau zu ihm.

„Wie ist das bei dir?", wollte ich von Sonja wissen.

„Ich mochte das früher eigentlich gar nicht. Wenn mal ein Mann in meinem Mund kam, habe ich es sofort ausgespuckt. Bis zu dem Tag, als das mal ein Mann getan hat, in den ich sehr verliebt war – der Mann, den ich dann geheiratet habe. Später beim

Swingen habe ich mit der Zeit immer mehr Gefallen daran gefunden, das auch mit anderen Männern zu machen."

„Sonja ist eine Sperma-Queen", warf Jan mit einem gewissen Stolz in der Stimme ein.

„Quatsch, das bin ich nicht", widersprach sie.

„Was ist denn bitte sehr eine Sperma-Queen?", fragte ich leicht verunsichert.

„Eine Frau die Sperma liebt", sagte Marco ganz sachlich.

„Und nicht genug davon bekommen kann", ergänzte Marco.

„Das heißt, du lässt dich auch gern anspritzen?", fragte ich.

Sonja nickte.

„Auch von mehreren?"

Sonja nickte erneut.

„Wie viele hattest du dabei schon?"

„Das willst du nicht wissen, Schatz", erwiderte sie mit einem versonnenen Lächeln.

So viele? Wow!

„Sagen wir mal so", warf nun aber ihr Mann ein. „Ich habe es schon erlebt, dass meine Frau von Kopf bis Fuß spermaverschmiert war – auch ohne, dass ich einen Beitrag dazu geleistet hatte."

Von Kopf bis Fuß? Auch ins Gesicht und auf die Muschi? Ich war mir nicht sicher, ob ich das glauben sollte. Aber Sonja widersprach nicht, sondern behielt nur ihr versonnenes Lächeln bei. Das also verstanden die beiden unter Spermaspielen. Unwillkürlich stellte ich mir vor, dass ich auf diese Weise von mehreren Herren verziert würde. Würde mir das ebenfalls gefallen? Ich war mir da nicht so sicher. Auszuschließen war es aber auch nicht.

Ich weiß nicht, ob es an diesem Gespräch lag oder insgesamt an der prickelnden Stimmung, die in diesem Pool herrschte. Auf jeden Fall waren die Männer sehr bald wieder einsatzbereit.

„Ups", entfuhr es mir, als ich meine Hände zwischen unsere Körper gleiten ließ und erst einen und dann auch einen zweiten Schwanz in die Finger bekam – und beide waren steif. Sehr steif sogar.

Dass Marco und Jan erst vor Kurzem abgespritzt hatten, war ihnen nicht anzumerken. Alle vier fummelten wir nun erneut aneinander herum. Ich konzentrierte mich dabei mehr und mehr auf unseren Gastgeber – oder vielleicht eher: er sich auf mich. Jedenfalls fanden wir uns in einer innigen Umarmung wider – frei schwebend im Wasser. Wir hatten den Pool in diesem Moment fast für uns. Sonja saß wieder auf dem Rand, und Marco hatte seinen Kopf zwischen ihren Beinen vergraben. Ich brauchte nicht viel Fantasie mir vorzustellen, was er dort tat.

Ich schlang meine Beine um Jans Hüften und tauschte innige Zungenküsse mit ihm, während er hingebungsvoll meine Pobacken knetete. Dass seine Schwanzspitze dabei immer wieder kurz meine Muschi berührte, lag in der Natur der Sache. Aber natürlich steckte er ihn mir nicht einfach rein. Das hätte ich ohne Kondom bei diesem Partnertausch nicht zugelassen, und das war ihm wohl auch klar. Aber er spielte mit der Situation.

Natürlich war das ein Spiel mit dem Feuer. Und das warme, blubbernde Wasser war keineswegs geeignet, dieses Feuer zu löschen. Im Gegenteil. Als er ernsthaft mit seinem Schwanz auf meiner Pussy rieb, sah er mir tief in die Augen und flüsterte:

„Ich will dich ficken!"

Wenn er jetzt einfach zustoßen würde, wäre er in mir, schoss es mir durch den Kopf. Und wenn ich mich jetzt nur ein klein wenig mehr an ihn drücken würde, ebenfalls. Setzte er auf diese Reaktion? Falls ja, dann enttäuschte ich ihn nun.

„Das will ich auch", sagte ich und fügte sofort hinzu: „Hast du ein Kondom?"

Sein Blick veränderte sich zu einem seltsamen Schmunzeln, während er mit seinem blanken Schwanz weiter auf meiner Pussy rieb. Dann aber löste er sich von mir, stieg aus dem Pool und griff nach meiner Hand. Ich folgte ihm zur Ruheecke, die aus zwei großen, auf dem Boden liegenden Matten mit mehreren Kissen darauf bestand. An der Seite des kleinen Mattenlagers war ein niedriger Tisch mit einem Schälchen darauf – und darin zahlreiche

Kondome. Die sollten für diese Nacht reichen, dachte ich schmunzelnd.

„Knie dich hin und zeig mir deinen geilen Arsch!", sagte er in einem Ton, der keinen Widerspruch duldete.

Ich tat, was er verlangte. Sofort war er hinter mir, ich bekam noch mit, wie er sich das Gummi überstreifte, dann war er auch schon in mir. Jan nahm mich von Anfang an mit schnellen, heftigen Stößen, während ich seiner Frau und meinem Freund im Pool zusah.

Die beiden waren jetzt wieder im Wasser und schwebten dort ähnlich, wie kurz zuvor Jan und ich. Es sah beinahe so aus, als würden auch sie ficken. Aber vermutlich spielten sie nur ähnlich mit der Situation, wie auch Jan und ich das getan hatten. Ihre Bewegungen allerdings sahen schon sehr so aus, als würden sie nicht nur spielen. Fickten sie doch richtig? Gab es am Pool auch Gummis? Oder machten sie es etwa blank?

Als mir Jan seine flache Hand auf den Po klatschte, zuckte ich zusammen. Das hatte weh getan. Aber seltsamerweise war es irgendwie auch lustvoll. Als seine andere Hand auf meine andere Pobacke klatschte, war ich ganz bei ihm und verlor den Pool aus dem Blick. Seine gleichzeitig sehr harten Stöße in mir ließen gar nichts anderes zu, als sich voll und ganz auf diesen Mann zu konzentrieren.

Kurz darauf kam ich. Anders als bei meinem ersten Höhepunkt vorhin im Pool blieb ich dieses Mal nicht ganz leise. Aber ich schrie meinen Orgasmus auch nicht hinaus. Es war eher ein Wimmern, das ich von mir gab, wenn auch ein heftiges. Ich sackte etwas noch vorn, wobei Jan beinahe aus mir herausgerutscht wäre. Aber nur beinahe. Seine Hände packten mich fester und hielten mich fest. Er war noch längst nicht fertig mit mir.

„Halt still du geile Sau", schnauzte er mich an.

Geile Sau? Was war das denn für ein Ton? Aber ich widersprach nicht und drückte ihm meinen Po entgegen. Unvermindert fickte er mich weiter.

Kurz darauf kamen Sonja und Marco zu uns. Sie tropften noch nass, als sie sich neben mich kniete und Marco neben Jan. Mein Freund nahm seine Frau in der gleichen Stellung, und ich hatte den Eindruck, dass er ebenso heftig in sie stieß, wie Jan das mit mir tat. Sonja versuchte mich zu küssen, aber die Stöße unserer Männer waren so heftig, dass wir nur mit unseren Zähnen aneinander stießen und keinen sinnlichen oder gar zärtlichen Kuss zustande brachten. Also ließen wir es.

Ich schloss die Augen und nahm Jans Stöße entgegen. Es dauerte nicht lange, bis es mir erneut kam. Als ich die Augen wieder öffnete, sah Sonja mich an. Sie sah aus, als wolle sie mich etwas fragen, aber sie sagte kein Wort. Vermutlich war keinem von uns in diesem Augenblick nach Konversation. Wir alle waren versunken in unserem Fick zu viert. Trotzdem hörte ich kurz darauf Jans Stimme:

„Spritz sie an", sagte er. „Das will die Nutte!"

Nutte? Wie sprach dieser Mann denn von seiner Frau? Irritiert sah ich mich zu den beiden Männern um und bekam gerade noch mit, wie Marco seinen Schwanz herauszog, das Gummi abstreifte und die Sache mit der Hand zu Ende brachte. Sein Sperma schoss heraus und landete auf Sonjas Po. Dass Jan kurz darauf das gleiche mit mir tat, wunderte mich nun auch nicht mehr. Aber wollte ich das auch? Doch die Frage erübrigte sich. Ich schloss für ein paar Sekunden die Augen und spürte Hände, die das Sperma auf meinem Po einmassierten. Erst dann sackte ich zusammen und legte mich auf den Bauch. Und nun war da keine barsche Stimme mehr, die mich zum Stillhalten aufforderte – oder mich als Nutte oder geile Sau bezeichnete.

Im Gegenteil. Jan legte sich neben mich, gab mir einen zärtlichen Kuss auf die Wange und flüsterte mir liebevoll ins Ohr, dass das soeben eine wundervolle Nummer gewesen sei. Der Mann hatte beim Sex zwei Gesichter, wie ich feststellte. Ich war mir nicht ganz sicher, ob mir beide gefielen – auch wenn das alles extrem geil gewesen war.

Nun war Jan wieder der zuvorkommende Gastgeber, der sich um seine Gäste bemühte. Er holte ein Tablett mit Gläsern, Wasser und Wein zu dem kleinen Mattenlager, auf dem wir uns entspannten. Bevor ich zum Wein griff, trank ich ein großes Glas Wasser. Ich hatte Flüssigkeitsbedarf.

„Du kommst auch rein vaginal zum Orgasmus", sagte Sonja, als wir alle vier wieder zur Ruhe gekommen waren und ich dann doch zum Wein überging.

„Ja", bestätigte ich. „Ich sagte ja, dass Mutter Natur es in der Hinsicht gut mit mir gemeint hat."

„Neid!", erwiderte sie. „Das würde ich mir auch wünschen. Aber ohne entsprechende Reize an meiner Klit geht das bei mir nicht. Deshalb mag ich ganz gern die Missio – auch wenn Jan die für langweilig hält."

„Tue ich gar nicht", widersprach er.

„Das wäre auch schade", sagte ich. „Missio finde ich auch toll. Jedenfalls beim Sex zu zweit."

Tatsächlich mochte ich diese klassische Stellung ausgesprochen gern. Allerdings hatte ich bei unseren bisherigen Swinger-Abenteuern festgestellt, dass Doggy oder ich oben ausgesprochen reizvoll waren, wenn man Sex mit mehreren hatte. Denn auf die Weise bekam ich etwas mehr mit von dem, was um mich herum passierte. Da hatte ich wohl so etwas wie eine voyeuristische Ader in mir entdeckt. Vor allem erregte es mich, meinen Freund beim Sex mit einer anderen Frau zu erleben. Und in der Missio war die Sicht ja naturgemäß eingeschränkt – jedenfalls für die Frau. Vermutlich entdeckte ich in dieser

Zeit meine Vorliebe für die Reiterstellung – auch wenn die für eine Frau ja immer die anstrengendere Variante war. Aber das war natürlich zweitrangig, wenn man einfach nur geil war.

Es hätte mich nicht gewundert, wenn unser Sex zu viert damit sein Ende gefunden hätte. Wir hatten zwei prickelnde Runden erlebt, und mir hätte das durchaus gereicht. Unseren Gastgebern aber offensichtlich nicht.

Es war Sonja, die nach einer Weile wieder Unruhe in den Ruhebereich brachte. Sie und ich lehnten entspannt an der Wand, und irgendwann hatte sie wieder ihre Hand auf meinem Bein – und dann auch bald zwischen meinen Oberschenkeln. Sie begann, mich zu streicheln, ich öffnete meine Beine und genoss es einfach nur. Schließlich konnte ich meine Finger aber auch nicht mehr stillhalten und tastete ebenfalls nach ihrer Pussy. Wir streichelten uns gegenseitig – und boten den gegenüber sitzenden Männern mit unseren geöffneten Beinen wohl gute Einblicke. Es war schön zu sehen, wie ihre Blicke an uns klebten – und auch, dass sich bei beiden wieder etwas regte. Bei Marco mehr als bei Jan. Doch keiner der beiden machte Anstalten, sich in unser Spiel einzumischen. Sie hatten offensichtlich erkannt, dass das jetzt nicht dran war. Jan allerdings zückte sein Handy und sah uns an.

„Darf ich?", fragte er.

Ich zuckte mit den Achseln, Sonja reagierte gar nicht. Aber bei seiner Frau setzte er die Erlaubnis zum Fotografieren wohl voraus und machte diverse Bilder von unserer gegenseitigen Streichelei. Ob man von diesen Bildern wohl demnächst etwas in ihrem Joyclub-Profil wiederfinden würde? Denkbar war das. In den Bildergalerien, die sie mir freigeschaltet hatten, waren sie ja auch beim Spiel mit anderen Menschen zu sehen. Aber soweit ich mich erinnerte, hatten sie deren Gesichter verpixelt. Ich würde Jan auffordern, dies auch mit meinem Gesicht zu tun. Vermutlich war eine solche Aufforderung aber unnötig.

Jetzt in diesem Moment stand mir jedoch nicht der Sinn danach, derlei Dinge zu klären. Jetzt und hier genoss ich die Zärtlichkeiten seiner Frau zwischen meinen Beinen. Vor allem, als ich einen nahenden Höhepunkt spürte, wollte ich nicht über Fotos und Pixel nachdenken, sondern einfach nur auskosten, was diese sinnliche Frau mit mir tat. Als ich so weit war, durchströmte mich ein sanfter, tiefer Orgasmus, den ich still und leise genoss.

Als ich gerade Sonjas Hand festhalten wollte (weil ich nun doch leicht überreizt war), kam sie bereits zum Stillstand. Ihre Finger lagen nun still auf meiner Muschi, einer davon übte einen sanften Druck auf meinen Kitzler aus – genau in der richtigen Art und Weise, dass ich es genießen konnte und es nicht zu viel war. Frauen waren doch einfühlsamer mit anderen Frauen. Und ich war ein klein wenig stolz, als auch ich sie kurz darauf zum Höhepunkt gestreichelt hatte.

Damit waren wir noch nicht am Ende. Im Gegenteil. Unser sanftes gegenseitiges Verwöhnen war ein neuer Auftakt. Und jetzt war ich es, die die Initiative übernahm. Ich drücke Sonja auf den Rücken und legte mich auf sie. Wir küssten uns und drückten uns eng aneinander. Dann jedoch drehte ich mich in die 69 und vergrub meinen Kopf in ihrem Schoß, während ich ihre Hände auf meinem Po spürte und umgehend auch ihre Zunge zwischen meinen Schamlippen – während ich gleichzeitig ihre Feuchtigkeit schmeckte. Wir leckten uns gegenseitig – und das nun weit heftiger, als wir uns kurz zuvor mit den Fingern verwöhnt hatten. Es war einfach Wahnsinn, was diese Frau mit Zunge und Fingern in meinem Schoß tat. Und es dauerte nicht lange, bis mich ein weiterer Höhepunkt durchzuckte. Auch Sonja verkrampfte sich und ich erlebte einen neuen Orgasmus. Wir ließen uns eine kurze Abklingzeit und setzten unser gegenseitiges Zungenspiel fort.

Nun allerdings erhielten wir doch männliche Verstärkung. Als erstes nahm ich Marcos gummierten Schwanz wahr, der sich in Sonjas Schoß drängte. Ich hob den Kopf und sah in die funkelnden Augen meines Freundes. Wir küssten uns, und zugleich spürte ich einen Schwanz an meinem Po. Das steife Teil drängte sich zwischen meine Oberschenkel, und im nächsten Augenblick war es auch schon in mir. Als ich mich wieder in Sonjas Schoß beugte, war

Marcos Schwanz bereits tief in ihr. Es war faszinierend, seinen Fick mit ihr aus nächster Nähe mitzuerleben.

Noch mehr allerdings erregte mich der Gleichklang eines Schwanzes in mir und einer Zunge an meiner Klit. Sonja und Jan hatten sich gut aufeinander eingeschwungen. Ich war mir sicher, dass seine Stöße und ihre Liebkosungen nicht ohne Wirkung bleiben würden. Der Orgasmus, der mich bald darauf schüttelte war einer von der Sorte, die ich laut hinausschreien musste. Dass Jan mich unverdrossen weiterfickte, verstärkte meine Ekstase noch.

Doch auch die Männer brauchten nicht mehr lange. Marcos Position vor Sonja war vielleicht etwas unbequem, aber dennoch brachte er es auf die Weise zu Ende. Auch Jan kam kurz darauf in mir – beziehungsweise ins Kondom.

Oder? Er hatte doch wohl hoffentlich ein Gummi drübergezogen. Für eine Sekunde hatte ich die Befürchtung, dass er die Situation ausgenutzt und mich blank genommen hatte. Ich griff erschrocken zu meinem Po und bekam seinen Schwanz zu fassen, der sich soeben aus mir zurückzog – und beruhigte mich wieder. Natürlich hatte er genau wie Marco ein Gummi benutzt.

Warum nur hatte ich daran gezweifelt? Vielleicht wegen seiner Versuche vorhin im Whirlpool? Oder waren das gar keine Versuche gewesen, sondern lediglich Spielereien? Ich war mir nicht so sicher, ob

Jan wirklich zu den Männern zählte, denen ich Steal-thing zutrauen würde. Ich wusste, dass es Männer gab, die Frauen zum ungewollten Blankfick über-rumpelten. Gerade bei einem Swinger-Durcheinander war so etwas nicht auszuschließen. Da verlor man (vor allem frau) ja auch mal leicht den Überblick. Ich jedenfalls. Doch vermutlich hatte Marco stets im Blick, was der andere Mann tat und würde aufpassen, dass niemand so etwas mit mir machte.

So ganz gelang es mir noch immer nicht, mich beim Gruppensex einfach fallenzulassen und den Kopf abzuschalten. Vermutlich war ich dafür ganz einfach zu sehr ein Kopfmensch. Ob sich das jemals ändern würde? Über das Thema musste ich mit Marco sprechen.

Nach diesem Vierer-Knäuel waren wir alle ziem-lich ausgepowert. Mein Blick fiel auf die kleine Sau-nakabine, die offenbar geheizt war – und die wir aber den ganzen Abend nicht genutzt hatten. Ir-gendwie war dafür keine Zeit geblieben. Wir waren alle ständig heiß aufeinander gewesen und auch ohne die Sauna gut ins Schwitzen gekommen.

„Habt ihr schonmal Partnertausch in getrennten Räumen gemacht?", fragte Jan schließlich zwischen Wasser und Wein.

Ich schüttelte den Kopf, während Marco entgeg-nete:

„In einer früheren Beziehung mal."

Die Erfahrungen hätte er gern für sich behalten dürfen, schoss es mir durch den Kopf. Irgendwie empfand ich es als Missachtung, dass er das hier erwähnte. Hier waren er und ich ein Paar, und Jans Frage war auch eindeutig auf uns zwei gerichtet. Was also sollte diese Mitteilung aus seiner Vergangenheit? Männer!

„Was meint ihr", fuhr Jan fort. „Wollen wir den Rest der Nacht getrennt verbringen? Zwei hier und zwei im Schlafzimmer?"

Dabei belegte er mich mit einem funkelnden Blick. War dieser Mann etwa noch immer nicht satt? Beim Blick auf seinen vollkommen eingefallenen Schwanz konnte ich mir eigentlich kaum vorstellen, dass er in dieser Nacht noch zu ernsthaften Aktivitäten in der Lage sein würde. Aber wer wusste das schon?

„Warum nicht", beantwortete ich seine Frage. „Ich habe nichts dagegen, die Nacht mit Sonja allein zu verbringen."

Für einen Augenblick sah der Mann uns konsterniert an und verzog das Gesicht – so hatte er das nicht gemeint, was mir natürlich klar war. Als Sonja und ich im nächsten Augenblick in Lachen ausbrachen, entspannte sich sein Gesicht wieder. Marco hingegen schmunzelte. Vermutlich hatte er sofort bemerkt, dass ich einen Scherz gemacht hatte.

Wir beschlossen, dass dieses Wellness-Ruhelager auch für vier Menschen genug Platz bot und verbrachten den Rest der Nacht gemeinsam hier.

Tatsächlich bestätigte sich meine Einschätzung hinsichtlich Jans Kondition. Kaum waren wir unter die leichten Decken geschlüpft, die unsere Gastgeber geholt hatten, war Jan auch schon eingeschlafen. Er lag ganz außen, ich neben ihm, neben mir Sonja und auf der anderen Seite ganz außen Marco. Ich spürte noch die sanften Berührungen irgendwelcher Hände auf meiner Haut, dann war auch ich eingeschlafen.

Ich hatte keine Ahnung, wie lange ich geschlafen hatte. Es war jedenfalls noch längst nicht Morgen, als ich wach wurde. Zunächst war mir nicht klar, was meinen Schlaf störte. Und alles in mir weigerte sich, die Augen zu öffnen. Dennoch tat ich es und sah im schwachen Zwielicht in Sonjas erstaunlich waches Gesicht. Sie lag auf ihrer rechten Seite, und ihre großen Augen sahen mich an – während sich ihr Körper ruckartig bewegte. Ich brauchte ein paar Sekunden, bis ich realisierte, woher die Bewegung stammte. Erst als ich Marcos Hand auf ihrer Hüfte bemerkte, nahm ich wahr, dass mein Freund sie in diesem Moment von hinten nahm. Er lag hinter ihr und stieß gleichmäßig in sie. Sonja und ich sahen uns lange an, und irgendwann küssten wir uns.

Gefühlsmäßig erwartete ich, dass auch ihr Mann sich im nächsten Augenblick von hinten an mich drücken und mich auf die gleiche Weise nehmen würde. Als dies ausblieb, sah ich mich zu Jan um und stellte fest, dass der Mann den Schlaf des Gerechten schlief. Ich musste schmunzeln und wandte mich wieder Sonja zu.

Wir ließen uns nicht aus den Augen, ich streichelte sanft ihre Brüste, wir küssten uns erneut, aber ansonsten mischte ich mich nicht weiter in den Sex der beiden ein. Mein Blick fiel auch auf Marco, aber der war ganz und gar bei Sonja und bekam offenbar gar nicht mit, dass ich wachgeworden war.

Bald darauf kam er zum Höhepunkt. Seine Bewegungen wurden krampfartig, und schließlich erstarben sie ganz. Ich küsste Sonja noch einmal, drehte mich auf die andere Seite und sah ihrem Mann beim Schlafen zu. Kurz darauf war auch ich wieder eingeschlafen.

Wir waren wohl alle ein bisschen verkatert, als am Morgen wieder mehr Leben in unser Viererbett kam – vom Wein, vom vielen Sex und von zu wenig Schlaf. Ich fühlte mich jedenfalls alles andere als ausgeschlafen. Lediglich Jan reckte und streckte sich, und verkündete schließlich:

„Ich habe wunderbar geschlafen!"

Den Eindruck hatte ich von ihm auch gehabt. Auf mein vermutlich leicht spöttisches Grinsen reagierte er mit einem fragenden Gesichtsausdruck. Er hatte wohl tatsächlich nicht mitbekommen, dass seine

Frau und mein Freund es in der Nacht noch einmal getrieben hatten. Und keiner von uns sah eine Veranlassung, ihm davon zu berichten. Ich konnte mir allerdings gut vorstellen, dass Sonja das später noch tun würde.

Schön, dass der Weg zur Dusche nicht weit war. Dieser Wellnessbereich mit dem kleinen Mattenlager und der geräumigen Duschecke war schon eine tolle Einrichtung, stellte ich erneut fest, als nun das warme Wasser über meinen Körper lief und die Lebensgeister doch so allmählich zurückkehrten. Ich fragte mich, ob wir nun womöglich nahtlos zum Guten-Morgen-Sex übergehen würden. Aber niemand unternahm Anstalten in der Richtung. Es gab lediglich unter der Dusche ein paar sanfte Berührungen zwischen Sonja und mir.

Unsere Gastgeber zauberten ein Frühstück auf den Esstisch. Und als wir dort alle ganz gesittet und wieder normal bekleidet Platz genommen hatten, wusste ich, dass die Party vorbei war. Einerseits schade, aber andererseits hatten wir ja wirklich viel gevögelt in dieser Nacht.

„Glaubst du, die beiden hätten es ohne Gummi gewollt?", fragte ich Marco, als wir etwas später im Auto saßen und nach Hamburg zurückfuhren.

„Nicht auszuschließen. Er war ja mehrfach direkt bei dir dran mit seinem blanken Schwanz."

„Das hast du mitbekommen?"

„Natürlich. Was glaubst du, wie mich das kickt, wenn du Sex mit einem anderen hast! Da lasse ich mir nach Möglichkeit nichts entgehen."

Ich musste lächeln. Das ging mir umgekehrt mit ihm ganz genauso. Da hatten wir eine Gemeinsamkeit, die dem Swingen auch über das Spüren fremder Haut hinaus einen prickelnden Zusatzkick gab.

„Wie war das mit dir und Sonja? Das habe ich nicht so genau mitbekommen."

„Es gab eine Situation, in der ich wohl einfach hätte blank zustoßen können. Ich hatte den Eindruck, sie hätte mich da nicht gebremst und nach einem Gummi verlangt. Aber sie hat es auch nicht forciert. Sie hat abgewartet."

„Warst du in Versuchung, es zu tun?"

„Für eine Sekunde vielleicht. Aber es wäre Wahnsinn gewesen. Die beiden sind zu umtriebig, um ungeschützt mit ihnen zu vögeln. Geil wäre es natürlich."

„Das wäre es", sagte ich sowohl zu ihm als auch zu mir, während ich durch die Windschutzscheibe dem Regen zusah.

Mir fiel am Straßenrand ein Schild in den Blick, das auf den nächsten Parkplatz hinwies.

„Fahr mal bitte auf den Parkplatz da", forderte ich Marco auf.

Er tat es, parkte das Auto, stellte den Motor ab und fragte erst jetzt:

„Warum?"

„Weil ich dir jetzt ganz dringend einen blasen muss", entgegnete ich.

Im nächsten Moment hatte ich auch schon seine Hose geöffnet und seinen Schwanz freigelegt. Er war nicht steif, aber in meinem Mund änderte sich das sehr schnell. Ich legte viel Gefühl in mein Blasen und unterstützte es auch mit meiner Hand. Ich nahm währenddessen ein Geräusch von draußen wahr; offenbar hatte ein anderes Auto neben uns geparkt. Es störte mich nicht. Man würde bei dem Regen durch die nassen Scheiben ohnehin nicht viel erkennen können. Und falls doch – na und?

Ich wollte Marco zum Höhepunkt blasen, und ich tat es auch. Als er kam, hielt ich die Lippen fest geschlossen und spürte, wie sich sein Sperma in meinen Mund ergoss. Anders als ich das sonst gern tat, schluckte ich es aber nicht. Jedenfalls nicht alles. Ich tauchte aus Marcos Schoß auf, sah ihm tief in die Augen und ließ dann das Sperma-Speichel-Gemisch aus meinem Mund in meine Hand laufen. Ich zog mit der anderen Hand meinen Rock ein Stück nach oben, schob den Slip zur Seite und rieb mir diesen sehr besonderen Saft in die Muschi. Marco ließ mich währenddessen keine Sekunde aus den Augen.

„Ich ziehe es eigentlich vor, mein Sperma direkt an Ort und Stelle zu bringen", sagte er leise.

„Das ziehe ich auch vor", entgegnete ich. „Aber manchmal kann auch so ein Umweg ganz reizvoll sein."

Dass Marco im nächsten Augenblick mit seinem Kopf zwischen meine Beine abtauchte und mich ebenfalls mit Zunge und Fingern verwöhnte, empfand ich als angemessen. Und als es mir kam, war ich sehr laut. Gut, dass das Auto neben uns bereits wieder verschwunden war.

Ich erlebte, was ich auch bei unseren vorangegangenen Clubbesuchen erlebt hatte: Nach einem Swinger-Erlebnis war ich aufgewühlt und ausgesprochen sexhungrig. Dieser Zustand hielt auch dieses Mal tagelang an. Leider war schon wieder Sonntag, am Abend würde ich nach Hannover zurückfahren. Aber vorher verführte ich Marco noch einmal in seinem Schlafzimmer. Ich brauchte nicht viel Überzeugungarbeit dafür. Er fickte mich wie besessen und bescherte mir zwei weitere Höhepunkte, bevor er in mir kam.

Als ich später im Zug saß, ahnte ich, dass dies eine lange Woche werden würde. Ich kam bei meinen Tagträumen während der Bahnfahrt durch die Lüneburger Heide fast in Versuchung, es mir an Ort und Stelle selbst zu machen. Einfach meine kleine Reisetasche auf den Schoß nehmen, und ganz still bleiben dabei. Ich hatte meine Sitzreihe für mich, vermutlich hätte es niemand mitbekommen. Allerdings trug ich nun keinen Rock, sondern eine enge Jeans, was die Sache erheblich schwieriger gestaltet hätte. Deshalb ließ ich es. Wenn ich das nächste Mal nach einem Swinger-Abenteuer eine Zugfahrt vor mir hatte, dann würde ich einen Rock anziehen, nahm ich mir vor. Der Vorsatz sollte sich als sinnvoll erweisen.

An diesem Abend zu Hause und in den Tagen darauf legte ich mehrfach selbst Hand an und bescherte mir damit den einen oder anderen Höhepunkt – einmal sogar an meinem Arbeitsplatz. Das war einer der Vorteile, wenn man sein eigenes Büro hatte. Heikel war es trotzdem. Man klopfte in unserer Firma zwar an, wenn man in ein fremdes Büro wollte, wartete dann aber nicht auf eine Reaktion, sondern trat nach dem Klopfen umgehend ein. So machte ich das bei meinen Kollegen auch. Glücklicherweise störte mich an diesem Nachmittag während meiner Handarbeit in meinem Schoß aber niemand. Es ging auch ziemlich schnell, und ich blieb ganz leise dabei.

Als ich mich ein paar Tage später am Abend bei Joyclub einloggte, fand ich eine Mail von Sonja und Jan vor. Sie schrieben davon, wie sehr sie den Sex mit uns genossen hätten und regten eine Wiederholung an. Warum nicht, schoss es mir durch den Kopf. Swingen bedeutete ja nicht, dass man stets neue Tauschpartner suchen musste. Ich hatte den

Sex mit den beiden als sehr geil empfunden. Die Vorstellung, Jan bald wieder in mir spüren zu können, bescherte mir ein schönes Kopfkino.

Die beiden verwiesen in ihrer Mail auch auf eine neue Bildergalerie, die sie angelegt und mir bereits freigeschaltet hatten. Sie fragten, ob es in Ordnung sei, diese Fotos an der Stelle zu zeigen. Ich betrachtete die Bilder, die Sonja und mich beim zärtlichen Spiel zeigten. Es waren sehr schöne Fotos, und ich konnte gar nicht anders, als es mir beim Betrachten abermals selbst zu machen.

Natürlich war es in Ordnung, diese Bilder zu zeigen. Sonjas Gesicht war erkennbar, meins nicht. Von mir sah man nur Brüste, Beine, Po – und überhaupt meinen ganzen Körper. Da, wo man mich hätte erkennen können, war mein Gesicht verpixelt. Ich bat die beiden, mir ein paar von den Bildern zu mailen, was sie umgehend taten. Eins davon konnte ich so beschneiden, dass es nur noch mich zeigte. Nicht erkennbar mit Gesicht, aber Jan hatte meinen nackten Körper ganz gut eingefangen. Ich zögerte erst, dann aber stellte ich dieses Bild in mein Joyclub-Profil.

Irgendwie hatte ich das Gefühl, dass ich damit endgültig angekommen war in der Welt der Swinger.

Auf mein neues Bild erhielt ich in kurzer Zeit viele Likes und auch ein paar Mails. Eine davon stammte von einem Mann, der ebenfalls in Hannover (und sogar im selben Stadtteil) wohnte und mich ganz einfach nach einem spontanen Treffen fragte. Seine Bilder gefielen mir, seine Mail war frech, aber nicht dummdreist, und ich kam in Versuchung, mich tatsächlich mit ihm zu treffen. Es war Mittwoch, Marco würde ich erst am Freitag wiedersehen – und ich war gierig nach Sex. Das Treffen bei Sonja und Jan wirkte noch immer nach.

Aber ich traf den Mann nicht. Ich antwortete ihm nicht einmal. Marco und ich hatten zwar ausdrücklich vereinbart, unsere Beziehung auch für Alleingänge zu öffnen. Doch nach diesem gemeinsamen Swinger-Erlebnis hatte ich das Gefühl, ihn mit so etwas zu hintergehen. Dass er in dieser Hinsicht weniger Bedenken hatte, sollte ich erst später erfahren.

Immerhin betrachtete ich noch eine Weile die eindrucksvollen Nacktbilder des unbekannten Nachbarn, während meine Finger schon wieder zwischen meine Beine glitten. Und ich legte mir sein Profil in meine Lesezeichen. Sollte ich vielleicht doch mal ein Solodate in Erwägung ziehen?

5.
Alleingänge

Plötzlich waren wir die Erfahrenen. Jedenfalls kam es mir so vor, als Marco und ich an diesem Samstagnachmittag in einem Bistro in der hannoverschen Nordstadt Lea und Robert gegenübersaßen. Ich hatte Lea eine Woche zuvor im Chat getroffen, und wir hatten spontan beschlossen, unsere virtuelle Bekanntschaft auf die reale Ebene zu ziehen. Marco war zwar zunächst mäßig begeistert, als ich ihm am Telefon von dem Paar erzählte, aber das änderte sich umgehend, als er sich das Profil der beiden angesehen hatte: Die Bilder, die die schöne Lea in Dessous und noch weniger zeigten, wirkten offensichtlich stimulierend auf meinen Freund. Alles andere hätte mich auch gewundert.

Die junge Frau mit den blonden Haaren hatte zwar deutlich kleinere Brüste als ich (und Marco hatte eine ausgeprägte Vorliebe für große Oberweiten), aber insgesamt hatte sie eine hinreißende Figur: laut Profil 1,64 Meter groß, 55 Kilo schwer, lange blonde Haare und ein Blick zum Verlieben – ein absoluter Hingucker für männliche Augen. Und nicht nur für männliche. Ihr Mann war mit 1,76 Meter nicht viel größer als ich, aber er war ganz gut trainiert – jedenfalls deuteten die Bilder darauf hin.

Was Marco bei unserem Telefonat zunächst gestört hatte, war jedoch etwas anderes als derlei Äußerlichkeiten: Lea und Robert waren erst seit wenigen Wochen bei Joyclub angemeldet und hatten keinerlei Erfahrungen mit Partnertausch.

„Anfängerpaare sind manchmal mühsam", sagte Marco bei unserem Telefonat. „Die wissen oft gar nicht so richtig, was sie wollen."

„Das kann es aber vielleicht auch spannend machen", entgegnete ich. „Ist doch eigentlich beinahe langweilig, wenn schon zu Beginn des Abends klar ist, dass man zu viert im Bett landen wird."

„Fandest du es langweilig bei Sonja und Jan?"

„Nein", gestand ich kleinlaut ein. „Ganz im Gegenteil."

Immerhin hatte ich Marcos Neugierde geweckt und die schönen Bilder im Profil der beiden 32-Jährigen hatten ein Übriges getan, sodass wir nun zu viert in diesem Bistro saßen und alle in unseren Kaffeetassen rührten. Leider schien sich die Befürchtung meines Freundes zu bewahrheiten: Unser Gespräch zu viert verlief zunächst sehr zäh. Vor allem Lea versteckte sich hinter einer imaginären Schutzmauer und verriet nicht viel von ihren Gedanken. So stellte ich mich darauf ein, dass wir einen Kaffee zusammen trinken und wir alle dann wieder getrennter Wege gehen würden. Was mich eigentlich wunderte. Bei unserem Chat eine Woche zuvor war Lea wesentlich aufgeschlossener gewesen und hatte mir einige ihrer Wünsche und Fantasien verraten.

Zu meiner Überraschung gab es jedoch trotz zähem Start einen zweiten Kaffee und irgendwann standen auch Gläser mit Aperol beziehungsweise Hugo auf dem Tisch. Ich hatte keine Ahnung, ob es am Alkohol lag oder ob unsere neuen Bekannten einfach mit der Zeit mehr und mehr auftauten. Jedenfalls kamen wir schließlich doch auf Themen zu sprechen, die über Wetter, Fußball und die städtebaulichen Sünden in Hannover und Hamburg hinausgingen.

„Wir sind schon unser halbes Leben ein Paar“, erzählte Robert. „Mit 16 in der Schule haben wir uns kennengelernt.“

„Und jetzt habt ihr das Gefühl, dass es das doch wohl nicht gewesen sein kann mit dem Sex?“, fragte Marco.

„So ungefähr“, bestätigte Robert.

Marco und ich hatten vor dem Treffen überlegt, die beiden direkt zu uns (beziehungsweise mir) einzuladen, falls das Bistro-Treffen entsprechend verlaufen würde. Nach mehreren Heiß- und Kaltgetränken waren wir zwar alle vier warm miteinander geworden, aber wohl noch nicht hinreichend heiß. Es war völlig klar, dass es an diesem Abend keine erotische Fortsetzung geben würde. Immerhin verabschiedeten wir uns mit herzlichen Umarmungen und den dem allseits geäußerten Wunsch, sich wiederzusehen.

Als Marco und ich kurz darauf in Richtung Stadtbahn schlenderten, sagte der Mann an meiner Seite:

„Ich wusste es ja: Anfängerpaare wissen nicht, was sie wollen."

„Es ist noch nicht lange her, da war ich auch eine blutige Anfängerin in der Szene."

„Das ist etwas anderes. Du hattest mich an deiner Seite. Außerdem bist du ein Sex-Vulkan. Ich war mir sicher, dass dir das alles gefallen würde, als wir in den Club gefahren sind."

„Du hättest sie gern gleich abgeschleppt und die schöne Lea vernascht, oder?"

„Das kann ich nicht abstreiten. Und du? Ist Robert dein Typ?"

„Ich wäre nicht abgeneigt. Aber lass den beiden ein bisschen Zeit. Es ist Neuland für sie."

„Das war nicht zu verkennen."

„Während wir ja alte Hasen sind", fügte ich augenzwinkernd hinzu.

Das zweite Treffen fand vier Wochen später statt. Marco und ich hätten auch an den beiden Wochenenden nach dem Kaffee-Date Zeit gehabt, aber Lea und Robert nicht. Zunächst klangen ihre Mails ein bisschen nach Ausflüchten und vorgeschobenen

Gründen. Möglicherweise war das auch so. Wenn man etwas will, findet man bekanntlich Wege. Wenn man etwas nicht will, findet man Gründe.

Unserem dritten Vorschlag für ein Date stimmten sie dann aber doch zu. Marcos Idee, sich für ein Wiedersehen in einem Swingerclub zu verabreden, fanden sie allerdings nicht so toll. Das, so meinten sie, gehe ihnen dann doch zu schnell. Marco seufzte, als wir darüber sprachen. Vielleicht hatte er ja doch recht mit seiner Skepsis. Immerhin folgten die zwei unserer Einladung zu einem gemeinsamen Abendessen in meiner Wohnung.

Es gab Nudeln mit Thunfisch und dazu reichlich Rotwein. Als die zweite Flasche so ziemlich geleert war, wurde die Stimmung am Küchentisch lockerer. Wir lachten alle viel, es fühlte sich an wie ein Abend mit Freunden, wie ich ihn in meinem normalen Bekanntenkreis schon häufig erlebt hatte. Immer wieder sah ich verstohlen zur Seite und versuchte, Marcos Blick zu interpretieren. Ich war mir sicher, dass ihn ein Gedanke umtrieb: Wie kam er jetzt am elegantesten vom Küchentisch an die Unterwäsche der blonden Frau, die ihm gegenübersaß? Ich war mir nicht ganz sicher, ob auch Robert dieser Gedanke in Bezug auf mich umtrieb – ungeachtet der Tatsache, dass er immer mal wieder in mein Dekolletee starrte, welches gewisse Einblicke erlaubte. Schließlich beschloss ich, die Sache anzugehen.

„Wollen wir mal ins Wohnzimmer umziehen?", fragte ich in die Runde.

Und bevor jemand etwas Falsches antworten konnte, stand ich auf und sah unsere Gäste erwartungsvoll lächelnd an. Robert und Marco erhoben sich umgehend, Lea zögerte ein paar Sekunden, stand dann aber ebenfalls auf.

Nun hatte mein nicht übermäßig großes Wohnzimmer eigentlich gar keine Sitzplätze für vier Personen. Das Sofa war ein Zweisitzer, und das war es dann auch schon – sofern sich niemand auf meinen Schreibtischstuhl setzen wollte. Aber es gab einen dicken Teppich, und auf den ließ ich mich umgehend nieder. Wie ich es erwartet hatte, folgten mir die anderen drei, sodass eine kleine Runde entstand, für die der Platz auf dem Teppich ausreichte.

Kaum hatten wir uns hier sortiert, lag Marcos Hand auf Leas Bein. Sie sah ihn mit großen Augen an und tat nichts. Er beugte sich zu ihr und sie ließ sich von ihm küssen. Nicht sonderlich wild oder sinnlich, wie mir schien, aber sie ließ es zu. Dass nun auch Robert und ich uns küssten, ergab sich fast von selbst. Dabei legte er eine Hand auf meine Brüste und griff fest zu. Na also, schoss es mir durch den Kopf. Meine tief ausgeschnittene Bluse hatte ihre Wirkung offensichtlich nicht verfehlt. Als er sie zu öffnen begann, schielte ich zur Seite und stellte fest, dass Marco ebenfalls weiblichen Brüsten näherkam.

Ich musste innerlich schmunzeln. War doch gar nicht so schwer.

Robert befreite mich von meiner Bluse und umgehend auch vom BH. Marco war mit Lea nicht ganz so schnell, aber irgendwann war auch sie oben ohne. Dann hörte ich auf, nach nebenan zu schielen, und konzentrierte mich auf den Mann, der seine Hände überall auf mir zu haben schien. Ich öffnete seine Hose, zog sie ihm aber nur ein Stück herunter – gerade so weit, dass ich an seinen Schwanz kommen konnte, den ich in die Hand und kurz darauf auch in den Mund nahm. Er war längst sehr hart.

„Aber nicht in ihren Mund spritzen!", hörte ich Leas Stimme.

Was machte die sich denn für Gedanken? Offensichtlich verfolgte sie sehr genau, was ich mit ihrem Mann tat. Sollte sie – so etwas konnte ja auch stimulierend wirken. Doch ich sollte mich irren. Bei Lea hatte es die gegenteilige Wirkung.

„Ich möchte jetzt lieber gehen", hörte ich kurz darauf erneut ihre Stimme.

Im ersten Moment hörte ich sie nur und realisierte gar nicht richtig, was sie sagte. Ich blies noch einen Augenblick weiter und ließ den schönen, steifen Schwanz schließlich doch aus meinem Mund herausgleiten.

Irritiert sah ich mich zu Lea und Marco um. Sie war soeben dabei, ihren BH wieder zu schließen. Marco saß daneben und wirkte genervt. Ich konnte ihn verstehen. Ich sah Robert an und zuckte mit den Schultern. Seinen Blick zu deuten, fiel mir nicht ganz leicht. Es war wohl eine Mischung aus Enttäuschung, Unsicherheit und Verzweiflung. Aber schließlich packte er seinen Schwanz wieder ein. Ich hatte den Eindruck, dass ihm das schwerfiel – auch ganz praktisch. Trotz der kalten Dusche von seiner Frau war sein Schwanz noch immer groß und steif, und er hatte Mühe, ihn in seine Jeans zu bekommen.

Wortlos gingen wir alle zur Wohnungstür, der Abschied fiel ebenfalls wortkarg aus. Robert sah mich mehrere Sekunden lang durchdringend an, bevor er seiner Frau folgte und die Wohnung verließ. Erst jetzt fiel mir auf, dass ich zwar ganz züchtig meine Jeans trug, aber noch immer oben ohne war. Hoffentlich hatte meine neugierige Nachbarin von Gegenüber nicht in diesem Moment durch ihren Türspion gelinst.

„Das wars dann wohl mit den beiden", sagte Marco resigniert, als die Tür zum Hausflur wieder geschlossen war.

„Vermutlich", stimmte ich ihm zu.

Doch wir sollten uns irren.

Zwei Tage später sah ich Lea wieder im Joyclub-Chat – und zwar im Chatroom „Paar sucht Paar". Ich überlegte, ob ich sie anchatten sollte. Ich war ja doch neugierig, was bei ihr da eigentlich abgelaufen war. Doch bevor ich mich entschließen konnte, ploppte bereits das Fenster mit ihrem Profilnamen auf – versehen mit einem kleinen „w", welches anzeigte, dass sie allein im Chat war.

Lea: Hallo Nina

Ich: Hallo Lea

Lea: Ich hoffe, ihr seid nicht sauer wegen vorgestern?

Ich: Nein, quatsch. Nur vielleicht etwas irritiert. Was ist passiert?

Lea: Ganz ehrlich?

Ich: Ja bitte

Lea: Ich war mir ja nicht ganz sicher, ob ich wirklich Sex wollte an dem Abend

Ich: Aber du hast dich anfangs darauf eingelassen

Lea: Ja. Es war ja auch ganz spannend. Aber als ich Roberts Schwanz in deinem Mund gesehen habe, hat bei mir irgendetwas ausgesetzt

Ich: Neigst du zu Eifersucht?

Lea: Ich dachte eigentlich nicht. Aber zuzusehen, wie mein Mann Sex mit einer anderen hat, war seltsam

Ich: So viel Sex war das doch noch gar nicht

Lea: Naja, blasen fällt ja wohl unter Sex. Und da wäre ohne meine Notbremse sicher noch mehr gekommen. Marco hatte ja auch schon seine Finger zwischen meinen Beinen

Ich: Da gebe ich dir recht. Da wäre sicherlich noch mehr gekommen

Lea: Hast du kein Problem damit, wenn Marco es mit einer anderen macht?

Ich: Nein, im Gegenteil. Ich find es geil, das zu sehen. Das beruht bei uns auch auf Gegenseitigkeit

Lea: Ist das ein Zusatzkick für dich?

Ich: Sehr

Lea: Ich glaube, so funktioniert das bei mir nicht

Ich: Wie könnte es funktionieren?

Lea: Vielleicht getrennt. Wir haben ja beschlossen, dass wir unsere Beziehung öffnen wollen. Aber ich weiß nicht, ob ich meinem Mann wirklich beim Sex mit einer anderen Frau zusehen könnte. Das ist seltsam

Ich: Das dachte ich anfangs auch – bis ich es dann erlebt habe

Lea: Ich habe es ja jetzt erlebt – jedenfalls ein Stück weit

Ich: Stimmt

Lea: Könntet ihr euch vorstellen, uns getrennt zu treffen?

Ich: Laut meinem Swinger-erfahrenen Freund wäre das dann schon die gesteigerte Form von Partnertausch ☺

Lea: Das kann sein. Aber ich glaube, das würde eher zu mir passen. Robert und ich haben da lange drüber geredet nach dem Besuch bei euch

Getrennter Partnertausch – ein neuer Gedanke für mich. Marco hörte sehr aufmerksam zu, als ich ihm von dem Chat erzählte. Aufmerksam und interessiert, wie ich feststellte. Natürlich hatte er nichts dagegen, ein Solo-Date mit der schönen Lea auszumachen. Und Robert und ich? Warum nicht. Wenn ich in mich hineinhorchte, dann bekam ich große Lust, genau da weiterzumachen, wo ich ein paar Abende zuvor mit ihm aufgehört hatte. Schade dabei war nur, dass ich Lea und Marco dann nicht zusehen konnte. Genau wie mein Freund hatte ich durch das Swingen mehr und mehr eine Neigung zum Voyeurismus entwickelt. Das wurde mir bei diesem Gedanken sehr klar. Vor allem, wenn der Voyeurismus darin bestand, meinem Freund beim Fremdsex zuzusehen. Bei unseren bisherigen Swinger-Abenteuern hatte ich das ja schon mehrfach erlebt. Und es hatte mir jedes Mal lustvolles Herzklopfen bereitet.

Ich nahm am nächsten Tag per WhatsApp Kontakt mit Robert auf – beziehungsweise er mit mir. Marco tat das gleiche mit Lea. Mein Freund und ich hielten uns mehr oder weniger auf dem Laufenden, wenngleich wir uns natürlich nicht über jede Einzelheit informierten. Immerhin teilte ich Marco mit, dass Robert mich eine Woche später besuchen kommen würde. Marco hatte es etwas schwerer, mit Lea ein Date zu vereinbaren. Immerhin trennten ihn und sie rund 150 Kilometer – Robert und mich nur ein paar Stadtbahnstationen. Zudem war Lea wohl etwas zurückhaltender mit der Art der Verabredung. Sie und Marco trafen sich zwar schließlich einen Abend früher als Robert und ich. Aber zu Marcos Enttäuschung wollte sie ihn vorerst nur in einem Restaurant treffen – so ziemlich auf halber Strecke zwischen Hamburg und Hannover. Ich war gespannt, was er anschließend berichten würde.

Als Robert schließlich vor meiner Tür stand, hatte ich keine Ahnung, wie das Treffen seiner Frau mit meinem Freund am Abend zuvor verlaufen war. Ich hatte immer mal wieder auf mein Handy geschielt, aber ich erhielt an diesem Tag keine Nachricht aus Hamburg. Und nachfragen wollte ich nicht. Das hätte für mich irgendwie einen Touch von eifersüchtiger Ehefrau gehabt, die ihren Mann ausfragt. Marco musste schon von sich aus erzählen. Ich war allerdings recht zuversichtlich, dass er das tun würde. Gegenüber Robert hatte ich hingegen weniger Scheu, nach dem vorangegangenen Date unserer beiden Liebsten zu fragen.

„Ja, war wohl ganz nett", sagte er.

„Nett ist die kleine Schwester von du weißt schon wem", entgegnete ich.

„Nein, ich meine das richtige Nett", erwiderte er.

Aha.

Viel mehr erfuhr ich von Robert zunächst nicht. Er war ganz offensichtlich auch nicht zu mir gekommen, um groß zu plaudern. Einerseits fand ich das schade, andererseits wollte ich ja auch Sex mit ihm. Ich hatte den jähen Abbruch meines Blowjobs an jenem Abend zu viert wirklich bedauert – und Robert sicherlich auch.

„Du bist eine tolle Bläserin", flüsterte er mir noch im Wohnungsflur ins Ohr, nachdem er mich umarmt und geküsst hatte.

„War ja nicht sonderlich ausgiebig, was du da mit mir erlebt hast."

„Nein, mehr Zeit hat uns meine Frau leider nicht gelassen", entgegnete er. „Sie hat wohl …"

„Psst!", sagte ich und legte ihm einen Finger auf die Lippen. „Keine schweren Gedanken wegen eines Abends, der Vergangenheit ist."

Und bevor er etwas erwidern konnte, ging ich vor ihm in die Hocke und legte seinen Schwanz frei. Dass der längst steif und hart war, hatte ich bereits bei unserer Umarmung feststellen können. Robert lehnte sich gegen meine Flurkommode und ich blies ihn – nun ohne jede Unterbrechung. Seine sanft kraulenden Finger in meinen Haaren signalisierten mir, dass es ihm gefiel. Naja, es gefiel vermutlich so ziemlich jedem Mann, seinen Schwanz im Mund einer Frau zu haben. Jedenfalls war es mir bisher noch nicht passiert, dass ein Mann es verweigert hätte, wenn ich das mit ihm machen wollte. Und ich blies gern!

Nach einer Weile begann der Mann schwer zu atmen. Ich wurde sanfter in meinen Bewegungen und entließ den Schwanz wieder an die Luft. Ich stand auf und umarmte und küsste ihn.

„Fast wäre es mir gekommen", keuchte er.

„Habe ich bemerkt", entgegnete ich augenzwinkernd. „Aber so leicht kommst du mir nicht davon."

Plötzlich kam mir der Abend bei Sonja und Jan in den Sinn. Die beiden hatten davon erzählt, dass sie keine Anlaufzeit brauchten, und es sogar schon unmittelbar nach der Begrüßung im Flur miteinander getrieben hatten. Da war ich mir nicht so sicher gewesen, ob ich das hatte glauben sollen. Nun hatte ich keine Zweifel mehr an ihrer Erzählung.

Ich nahm Roberts Hand und zog ihn vom Flur ins Schlafzimmer. Dort angekommen hatten wir es beide sehr eilig, aus unseren Sachen zu kommen. Als wir uns aufs Bett fallen ließen, war er nackt, während ich immerhin noch meinen Slip trug. Mehr allerdings auch nicht. Und dieser weiße String war nicht wirklich viel Stoff.

Robert lag sofort auf mir und ich öffnete meine Beine. Sein Schwanz rieb auf meiner Pussy – lediglich durch meinem Slip davon getrennt. Er tat so, als sei der gar nicht vorhanden. Jedenfalls machte er fickähnliche Bewegungen auf mir. Natürlich hatte ich das Vertrauen, dass er nicht versuchen würde, mich blank zu nehmen. Aber er spielte mit der Situation. Dieses Spiel jetzt empfand ich als prickelnd und hatte die Fantasie, dass der knappe String plötzlich zur Seite geschoben würde und er einfach so in mich eindrang. Was natürlich nicht infrage kam.

Erneut schoss mir die Nacht bei Sonja und Jan durch den Kopf. Auch Jan hatte mit dieser Situation gespielt. Und ich war mir nicht sicher, ob es wirklich nur ein Spiel gewesen war. Vielleicht hatte er es wirklich blank mit mir machen wollen, es dann aber gelassen, als er keine entsprechenden Signale von mir erhalten hatte. Waren Männer beim Swingen allgemein so gepolt, dass sie es ohne Gummi machen wollten? Oder war das jetzt nur mein Kopfkino? Danach musste ich dringend Marco fragen. Der hatte nach dem Abend bei Sonja und Jan eingeräumt, dass auch er für eine Sekunde in Versuchung geraten war, es blank mit der anderen Frau zu machen. Wie lang mochte diese Sekunde wohl gewesen sein?

Wobei Robert (anders als Marco und Jan) natürlich nicht für die Mehrzahl der Männer in der Szene stand. Er und seine Frau machten soeben ihre ersten zaghaften Schritte in die Welt der Swinger.

Seltsam, was einem so alles durch den Kopf schoss, wenn man kurz davor war, mit einem Mann das erste Mal zu ficken. Erwähnte ich schon, dass ich ein Kopfmensch bin?

Plötzlich spürte ich Roberts Finger an meinem Slip – und im nächsten Augenblick seine Schwanzspitze an meinen Schamlippen. Da war nun kein Stoff mehr dazwischen. Wollte er ihn mir etwa wirklich blank reinstecken? Um da kein Missverständnis aufkommen zu lassen, drehte ich mich zur Seite, womit sein Schwanz zwar noch immer in meinem Schoß, aber nicht mehr so gefährlich nah an meiner Pussy war.

Ich griff zu einem der Kondome, die auf meinem Nachttisch bereitlagen, und hielt es lächelnd zwischen uns. Gleich, dachte ich und sah ihm tief in die Augen, gleich darfst du mich ficken. Zu meiner Überraschung konnte ich in Roberts Augen eine deutliche Enttäuschung erkennen.

Ups.

Ich ging jedoch nicht darauf ein, sondern drückte ihn von mir herunter. Da er keine Anstalten machte, mir das Kondom aus der Hand zu nehmen, riss ich es selbst auf und rollte ihm das Gummi über den Schwanz. Er hatte sich auf den Rücken fallen lassen und ich setzte mich auf ihn, nachdem ich mich selbst vom Slip befreit hatte. Sein steifes Teil glitt mühelos in mich hinein und ich begann, auf ihm zu reiten.

Als sich unsere Blicke trafen, war das geile Funkeln in seine Augen zurückgekehrt. Na also.

Ich spürte seine Hände auf meinem Po. Zunächst hielt er mich eher fest, schließlich aber knetete er meine Pobacken immer stärker. Das fühlte sich geil an, und ich erhöhte mein Tempo auf ihm. Als es mir kam, schrie ich meinen Orgasmus laut hinaus. Falls meine Nachbarin zu Hause war, hatte sie das sicherlich gehört, dachte ich innerlich schmunzelnd.

Robert und ich hielten einen Augenblick inne, sodass ich meinen Höhepunkt bis zur letzten Zuckung auskosten konnte. Anschließend packte er mich und drehte uns, sodass wir erneut in der Missio zum Liegen kamen. Nun übernahm er die Regie und stieß heftig in mich. Es dauerte nicht lange, und es durchzuckte mich ein zweiter Orgasmus. Kurz darauf kam auch er in mir. Seine Stöße wurden ruckhaft, ebbten ab und hörten schließlich ganz auf. Wir blieben noch ein wenig so liegen, dann zog er sich aus mir zurück.

Robert zog sich das Kondom vom Schwanz und betrachtete es. Es war gut gefüllt. Ich nahm es ihm ab und legte es auf ein Taschentuch auf dem Nachttisch.

„Das war wundervoll", sagte ich leise und schmiegte mich an ihn.

„Hm, ja", kam zurück.

Das klang jetzt nicht sonderlich begeistert. Einen Augenblick zögerte ich. Eigentlich befand ich mich in einer schmusigen Nach-Sex-Stimmung, die ich nicht mit dem Sezieren von Gedanken belasten wollte. Aber ignorieren konnte ich Roberts sparsame Entgegnung auch wieder nicht.

„Was ist?", fragte ich.

„So also fühlt sich Partnertausch an", murmelte er.

„Ja, so fühlt sich das an", bestätigte ich.

„Das war eine mehrfache Premiere für mich", fuhr er zögernd fort.

„Das erste Mal mit einer anderen, seit du mit deiner Frau zusammen bist?"

„Ja, und überhaupt das erste Mal mit einer anderen. Wir sind ja schon ein Paar, seit wir 16 sind."

„Ach ja, hattet ihr erzählt."

„Und es war das erste Mal in meinem Leben, dass ich ein Kondom über dem Schwanz hatte."

„Willkommen in der Welt der Swinger", entgegnete ich schmunzelnd.

„Macht man Partnertausch immer mit Kondom?"

„Es gibt Paare, die machen es ohne. Aber die meisten machen es wohl mit – soweit ich weiß."

„Lea und Marco haben es gestern ohne gemacht."

Wie bitte? Was hatte der Mann da gesagt?

Natürlich bemerkte Robert, dass er mich mit seiner Bemerkung ziemlich verblüfft hatte.

„Schlimm?", fragte er, nachdem ich eine Weile an die Decke gestarrt hatte.

„Weiß ich noch nicht", entgegnete ich. „Auf jeden Fall überraschend."

Ich musste zugeben, dass mich diese Information tatsächlich einigermaßen verwirrte. Marco und ich hatten zwar nicht ausdrücklich vereinbart, es mit anderen ausschließlich mit Kondom zu machen, aber ich war stillschweigend davon ausgegangen. Und sein Verhalten bei unseren bisherigen Abenteuern hatte in dieser Hinsicht auch keinen Anlass zum Zweifel gegeben. Allerdings kam in mir nun der Verdacht auf, dass Marcos Versuchungs-Sekunde mit Sonja doch eine sehr lange Sekunde gewesen war.

Robert hatte wohl den Gedanken, dass er nach dem Blankfick seiner Frau mit meinem Freund so etwas wie ein Anrecht hatte, es nun auch mit mir gummifrei zu machen. Tatsächlich versuchte er genau das nach ein paar Schweigeminuten, in denen ich über diese Sache nachdachte. Anders als offensichtlich ihm war mir aber die Lust auf eine zweite Runde vergangen. Als sich sein (erstaunlich schnell wieder aufgerichteter) Schwanz gegen mich drückte, blockte ich ihn ab. Er verstand, verließ mein Bett und zog sich wortlos an.

„Schade", sagte er noch, während ich ihm dabei zusah.

Kurz darauf hatte er meine Wohnung verlassen. Ich saß noch immer grübelnd auf meinem Bett, als ich die Wohnungstür klappen hörte.

„Ja, schade", murmelte ich vor mich hin.

Ich war gespannt, ob Marco mir dieses kleine Detail seines Dates mit Lea von sich aus erzählen würde. Aber das tat er nicht. Als wir uns am Wochenende bei ihm in Hamburg trafen, sprach er zwar freimütig davon, dass es nach dem Abendessen in einem Restaurant irgendwo mitten in der Lüneburger Heide noch eine wilde Knutscherei in ihrem Auto gegeben habe, aber die Sache mit dem Kondom erwähnte er nicht.

„Nur eine Knutscherei?", fragte ich.

„Nein, auch noch ein bisschen mehr."

„Wie viel mehr?"

„Du willst es aber genau wissen, hm?"

„Ja, erzähl es mir."

Und das tat er dann auch. Das Abendessen war zunächst ganz unspektakulär verlaufen. Erst als die beiden das Restaurant verlassen hatten, und Marco sie zum Abschied am Auto umarmt hatte, war eine Spannung entstanden, die sich immer mehr verstärkte. Die beiden begannen eine wilde Knutscherei, die zunächst kein Ende nehmen wollte. Und als es dann zu regnen begann, setzten sie ihr Knutschen im Auto fort – sie auf dem Fahrersitz, er auf dem Beifahrersitz. Allerdings blieb es dabei nicht. Lea saß ziemlich schnell auf seinem Schoß, und er hatte umgehend seine Hände unter ihrem kurzen Rock. Als er dann ihre Pussy zu befingern begann, öffnete sie seine Hose und legte seinen Schwanz frei.

„Und kurz darauf war ich in ihr", erzählte Marco.

„Hatte denn einer von euch Kondome dabei?",
unterbrach ich ihn und versuchte, nicht allzu
scheinheilig zu klingen.

Was mir wohl gelang. Jedenfalls hatte ich nicht
den Eindruck, dass er wusste, was ich wusste. Wir
lagen während dieses Gesprächs in seinem Bett, und
ich spielte an seinen halb steifen Schwanz – der jetzt
allmählich immer steifer wurde.

„Naja", druckste er. „Es ging alles plötzlich ganz
schnell. Sie hat nicht mal ihren Slip ausgezogen,
sondern ihn nur zur Seite gedrückt."

„Habt ihr blank gefickt?"

Marco nickte – und ich spürte wie sein Schwanz
hart wurde. Sehr hart.

„Es ist passiert", sagte er. „Schlimm?"

Statt einer Antwort setzte ich mich auf seinen
Schoß und ließ seinen Schwanz in meiner Muschi
verschwinden. Während ich auf ihm zu reiten begann, sah ich ihm tief in die Augen.

„So?", fragte ich. „Habt ihr es so gemacht?"

„Ja", bestätigte er und griff nach meinen Pobacken. „Nur mit dem Unterschied, dass wir nicht
nackt waren."

„Bist du in ihr gekommen?", wollte ich wissen.

„Ja, bin ich."

„Und sie? Hatte sie auch einen Orgasmus dabei?"

„Ja."

„War sie laut?", hakte ich nach, während ich das Tempo erhöhte.

„Das kann man wohl sagen!"

„Keine Bedenken wegen anderer Leute auf dem Parkplatz?"

„Darüber haben wir nicht weiter nachgedacht. Außerdem war es dunkel, es hat geregnet und die Scheiben waren beschlagen."

„Kann ich mir denken."

Marcos Geschichte erregte mich sehr. Wenn sein Blankfick mit Lea nicht getrennt, sondern gemeinsam stattgefunden hätte, dann hätte ich vermutlich auch ihren Mann ohne Gummi rangelassen. Vor meinem geistigen Auge erschien der Po der schönen Frau und dazwischen Marcos blanker Schwanz in ihr. Das hätte ich wahnsinnig gern gesehen. Aber allein der Gedanke gab mir in diesem Augenblick einen unglaublichen Kick. Ich konnte gar nicht anders, als meinen Höhepunkt laut hinauszuschreien, als es mir kam. Sehr laut. Und auch Marcos Orgasmus in mir war heftig. Immer und immer wieder stieß er nach, und ich spürte, wie sein Sperma in mich hineinströmte.

Genau wie vor einigen Tagen in Lea …

Als wir etwas später wieder Herr unserer Sinne waren, waren wir uns natürlich einig, dass das eine Ausnahme gewesen war – und auch bleiben sollte.

Blanker Partnertausch war zweifelsohne geil, aber irgendwie auch Wahnsinn. Natürlich wussten wir, dass manche Paare in der Swinger-Szene das trotzdem machten. Vor allem Männer waren in der Hinsicht wohl meist offener und auch offensiver. Wenn ich Marcos Bericht vom nächtlichen Autosex richtig verstanden hatte, dann war aber auch Lea zumindest offen dafür gewesen. Das war die Frau, die an jenem Abend auf meinem Wohnzimmerteppich so zurückhaltend war? Das Leben steckte doch voller Überraschungen.

Wie würde sich das wohl weiter entwickeln, wenn wir Lea und Robert wiedersehen und dann vielleicht doch Sex zu viert haben würden? Die Frage blieb unbeantwortet. Die beiden reagierten zunächst weder auf WhatsApp noch auf eine Mail bei Joyclub. Schließlich aber schrieben sie uns, dass sie die Bekanntschaft mit uns nicht fortsetzen wollten.

War es ihnen zu viel gewesen? Stichwort Marco und Lea gummifrei. War es ihnen zu wenig gewesen? Stichwort Robert und ich nicht gummifrei. War es ihnen zu schnell gegangen? Stichwort erster Abend zu viert. Oder hatte all das bei ihnen eine Beziehungskrise ausgelöst? Das wollte ich nicht hoffen.

Vermutlich war das auch nicht der Fall. Jedenfalls konnte ich nicht widerstehen, in den folgenden Wochen immer mal wieder ihr Joyclub-Profil anzuschauen. Irgendwann entdeckte ich dort einen Datewunsch für einen konkreten Termin – und sie suchten ein Paar für ein Treffen zu viert. Nein, böse Energien hatten wir bei ihnen wohl nicht verursacht. Und die Frage, warum sie uns nicht widersehen wollten, war müßig – weshalb ich das Profil der beiden irgendwann aus meiner Merkliste löschte. Es gab andere Männer, Frauen und Paare in dieser großen, bunten Welt des Swingens. Ich wollte lieber nach vorn schauen statt zurück.

Mir wurde klar, dass Partnertausch und Gruppensex immer Auswirkungen auf eine Beziehung hatten. Bei Marco und mir hatten diese ersten Monate des gemeinsamen Swingens manches in Bewegung gebracht – und auch geklärt. Ich konnte nun besser akzeptieren, dass er und ich eine sehr besondere Form von Beziehung entwickelt hatten. Nicht nur, weil wir eine Fernbeziehung hatten (die später durch meinen beruflich bedingten Umzug nach Köln noch mehr Abstand bekommen sollte). Unser gesamtes Miteinander war sehr offen – und dadurch angenehm entspannt. Keiner von uns hatte negative Gedanken, wenn der andere einen Alleingang machte – was auch ich später mehrfach tat. Und beide verheimlichten wir uns nichts. Genau das ermöglichte es uns nach meinem Empfinden, frei zu bleiben und uns dennoch als Paar zu begreifen. Vermutlich passte unsere Beziehung von Anfang an in keins der bekannten Schemata. Aber man musste ja auch nicht immer alles in eine bekannte Schublade packen. Das hatte Marco zu Beginn unserer Ausflüge in die Welt der Swinger einmal zu mir gesagt. Mehr und mehr stellte ich fest, dass genau das auf uns zutraf. Und irgendwie gefiel mir das.

Dass Marco noch immer kein gemeinsames Swinger-Profil mit mir wollte, konnte ich zwar nicht verstehen, aber nun immerhin besser akzeptieren. Ich hielt mich an meinen Vorsatz, ihn nicht mehr danach zu fragen, und auch das entspannte unsere Beziehung.

Fast fünf Jahre sind seit unserem ersten Besuch im Swingerclub inzwischen vergangen. Wir haben viel erlebt, sehr viel sogar. Nichts davon hat unserer Beziehung geschadet – im Gegenteil. Ich möchte nichts davon missen.

Und von ein paar anderen Abenteuern werde ich gern an anderer Stelle berichten.

Nina Noisee

Meine Nacht zu dritt

Bekenntnisse einer Swingerin (2)

Auszug aus Teil 2

Ich spürte zwei nackte Körper an meinem – auf jeder Seite einen. Das gefiel mir und ich schlief mit einem zufriedenen, wohligen Gefühl im Ehebett meiner Gastgeber ein. Irgendwann tief in der Nacht wurde ich jedoch wach, weil Patrick das Bett verließ. Er kam kurz darauf zurück, offensichtlich war er im Bad gewesen. Als er wieder unter die Decke schlüpfte, drehte ich mich zu ihm und sah ihn an. Beide lagen wir auf der Seite, nur wenige Zentimeter voneinander entfernt. Ich konnte seinen Atem spüren und er sicherlich auch meinen.

Von draußen fiel immer noch der schwache Schein einer Straßenlaterne ins Schlafzimmer; niemand hatte sich die Mühe gemacht, die Vorhänge zuzuziehen. In dem Zwielicht konnte ich seine Augen halbwegs erkennen. Der Mann schien hellwach zu sein – im Gegensatz zu mir. Aber irgendwie wach war ich auch. Jedenfalls hatte ich nicht das Bedürfnis, meine Augen sofort wieder zu schließen. Und als Patrick seine Finger sanft über meine Brüste streichen ließ, huschte ein Lächeln über mein Gesicht. Es war kaum eine Berührung, eher ein Hauchen mit den Fingerspitzen. Meine Brustwarzen richteten sich dennoch rasch auf. Oder vielleicht auch gerade wegen seiner überaus sanften Berührung. Jedenfalls empfand ich es als prickelnd, was er mit mir machte. Als er mich schließlich küsste, verstärkte das meine Erregung noch.

Seine offensichtlich auch. Ich ließ eine Hand in seinen Schoß wandern und stellte fest, dass er eine Erektion hatte. Beide schmunzelten wir, als sich meine Finger um seinen Schwanz schlossen. Es wunderte mich keineswegs, dass ich im nächsten Augenblick auch seine Finger in meinem Schoß spürte. Mühelos ließ er einen Finger zwischen meine Schamlippen gleiten. War ich schon wieder feucht oder immer noch? Als er mich nun immer mehr streichelte, rieb ich auch an seinem Schwanz – ebenso sanft, wie er das mit mir machte.

Dann allerdings zog er seine Hand zu meinem Bedauern aus meinem Schoß zurück. Schade, ich

124

hatte gehofft, er würde mich zu einem sanften Höhepunkt streicheln. Ich wäre dabei auch ganz leise geblieben, um Katja nicht zu wecken.

Ach ja, Katja. War sie vielleicht auch wach geworden? Ich drehte mich kurz zu ihr. Sie lag auf dem Rücken, hatte ihre Decke halb weggestrampelt und atmete ruhig und gleichmäßig. Ihr Bauch hob und senkte sich, sie schlief tief und fest. Ich wandte mich wieder Patrick zu, der nun ebenfalls zu seiner Frau gesehen hatte. Gleichzeitig zuckten wir mit dem Schultern.

Patricks Hand lag nun auf meiner Hüfte. Von dort ließ er sie auf meinen Po weiterwandern. Plötzlich griff er fest zu und zog mich an ihn. Die wenigen Zentimeter Abstand zwischen uns waren verschwunden, ich spürte ihn nun Haut an Haut. Sein Schwanz in meiner Hand drückte gegen meinen Venushügel. Als ich die Hand wegzog, war da nur noch sein Schwanz. Ich umarmte Patrick, wir küssten uns erneut. Dieses Mal intensiver. Während des langen Kusses kam eine leichte Bewegung in seinen Unterkörper. Sein Schwanz rieb auf meiner Haut, ich spürte, wie seine Eichel auch meine Pussy berührte. Nur ganz sanft und ohne allzu großen Druck, aber sie war direkt daran.

Als sich unsere Lippen wieder voneinander lösten, lächelten wir uns verhalten an. Ich hatte den Eindruck, dass wir beide nicht so recht wussten, wie dieses Spiel weitergehen sollte. Würde ich meine

Beine nur ein wenig öffnen, würde Patrick mit seinem Schwanz auch ernsthaft an meine Schamlippen kommen können. Wollte ich das? Ich war mir nicht so sicher. Aber sich jetzt einfach umdrehen und weiterschlafen? Unmöglich! Dafür war dieses Spiel, das wir nun miteinander spielten, viel zu prickelnd.

Ich stellte fest, dass ich mich geirrt hatte. Ich musste meine Beine gar nicht öffnen, damit er meine Schamlippen erreichen konnte. Jedenfalls spürte ich, wie seine Eichel immer mehr auf meiner Muschi rieb. Ich war sehr feucht, und es war erregend, wie er mit seinem Schwanz auf dieser Feuchtigkeit hin- und herglitt. Er fickte mich nicht, aber viel fehlte nicht dazu. Man nannte so etwas „französische Schlittenfahrt", wie ich vor Kurzem einmal gelesen hatte.

Zu meiner Überraschung drückte er nun gegen meine Schulter. Er wollte wohl, dass ich mich auf den Rücken legen sollte – was auch immer er damit anzufangen gedachte. Ich drehte mich, aber ich legte mich nicht auf den Rücken, sondern auf die andere Seite, sodass er nun hinter mir lag. Natürlich wunderte es mich keineswegs, dass ich Patricks Schwanz nun am Po spürte. Die feuchte Schlittenfahrt, die er gerade noch auf meinen Schamlippen vollführt hatte, setzte er nun zwischen meinen Pobacken fort. Die Feuchtigkeit dafür stammte aus meiner Muschi.

Wollte er mich anal nehmen? Oder wollte er einfach nur weiter spielen?

Kirsten Steiner
Steffen Steiner

Monogamie für
Fortgeschrittene

Einander treu sein und dennoch fremde Haut
spüren: Als Paar in der Welt der Swinger

Dies hier ist das anfangs kurz erwähnte Buch, das mein Freund mir vor unserem ersten Swinger-Abenteuer schenkte. Auf mich hatte dieses Buch die Wirkung eines Türöffners. Die Autoren hatten einen wundervollen (auch humorvollen) Stil gefunden, mir Antworten auf meine Fragen zu geben – auch auf solche, die ich mir noch gar nicht gestellt hatte. Das Buch bewirkte zweierlei bei mir: Erstens: Meine Ängste wurden kleiner. Und zweitens: Meine Neugierde wurde größer. Beides zusammen ebnete mir den Weg in eine Welt, die ich immer wieder als prickelnd und aufregend erlebe – und die ich heute nicht mehr missen möchte.

Für K.

Vielen Dank für deine Ermunterung,
deine wertvollen Tipps und die liebevolle
Bearbeitung meines Manuskriptes. Ohne dich
wäre dieses Buch nicht zustande gekommen.

Wer mir ein Feedback geben möchte –
ich freue mich über eine Mail an:

NinasBuchPost@web.de